JN284947

久保 栄

五稜郭血書

影書房

築地小劇場公演舞台　五之巻　官賊和議　その一　(1933年)

前進座公演舞台　五之巻　官賊和議　その一　(1934年)

劇団民藝公演舞台　五之巻　官賊和議　その二　（1952年）

文学座公演舞台　三之巻　民兵新徴募　（1969年）

五稜郭血書　目次

五稜郭血書《ごりょうかくけっしょ》

五幕

一之巻　箱館八幡祭

資　料

太政官下問書第三。蝦夷地之儀ハ皇国ノ北門、直チニ山丹満洲ニ接シ（中略）是迄官吏土人ヲ使役スル甚ダ苛酷ヲ極メ（中略）一旦民苦ヲ救フヲ名トシ土人ヲ煽動スル者有之時ハ其禍忽チ箱館松前ニ延及スルハ必然ニテ禍ヲ未然ニ防グハ方今ノ要務ニ候。

——毛利家記録——

然かも当時変革の際にて制令稍〻弛緩したれば、無頼の徒之に乗じて不良の事をなすものなきにあらず。小樽内（昔時は小樽を小樽内と称す）に於ては閏四月暴徒起りて官署を襲ひたれば、其徒の内小太郎外三人を捕へ箱館に送致し、八月引廻はしの上斬罪に処せられたり。箱館に於ては従来斬罪に行はれたるものなきに、今や斯かる処置に出でたるを見て人民は恐怖の念を懐きたりと云ふ。

——函館区史——

在住清水金十郎（北海道史には平山金十郎とあり）を始め、（中略）花輪五郎（中略）等相謀り、清水谷府知事を奪ひ事を挙げんとせしが、事露はれて五郎は捕えられ、金十郎は逃走し、余は五郎が連判状を引裂き証拠を湮滅せるによりて事無きを得たり。此金十郎は容貌温和なるも甚だ剛毅の人にして、此後徳川脱走の軍に投じ、軍敗れて後又脱走し駿河の江尻に隠れたりと云ふ。

――函館区史――

人物

平山金十郎　箱館附、亀田村の郷土。
花輪五郎　平山の一味徒党の一人。
小太郎　出稼ぎ漁師。小樽内一揆の張本人。
庄兵衛　茅部《かやべ》の百姓。小太郎の舅。
お浅　小太郎の妻。
小次郎　茅部の漁師。小太郎の弟。
佐七　茅部の漁師。元小林屋の使用人。
小林屋重吉　箱館海産問屋。英吉利《イギリス》貿易。
居留地お竜《りゅう》　重吉の娘。英吉利商人の妾。
住吉丸の松五郎　小林屋持船の船頭。
築島の蓮蔵　小林屋出入りの船鍛冶。
福島屋嘉七　箱館海産問屋。仏蘭西《フランス》貿易。
中川梶之助　五稜郭府庁の役人。

その他、箱館府兵（一――四）守衛隊士、刑吏、小林屋の使用人（若い衆一、二）下女（お辰）

南京人の飴売り。神輿《みこし》を担ぐ若者、世話役、祭り見物の群集、子供。

舞台

明治元年八月中旬。

蝦夷函館市中。


繁華な往来。人家の屋根越しに、大小和洋の船舶を浮べた箱館湾の展望。

後景、向って左の端に、海中へ突出する和蘭《オランダ》式築造の砲台——弁天台場。

正面に、人家の屋根屋根を威圧する生子《なまこ》漆喰《しっくい》壁の欧風建築一棟——貿易会所。

その前に、低い竹垣をめぐらした高札場。立札二本。

舞台右寄りに、土蔵造の海産問屋小林屋重吉の店。

鎮守箱館八幡宮の祭礼の当日。軒なみに、祭提灯、飾り花。小林屋の見世《みせ》先を半分に仕切って、左が御神酒所《おみきどころ》、右が溜り。神酒所には、「八幡大菩薩」の大幅、榊、神酒、供物、獅子頭、青竹の手《て》摺《すり》、手洗いなど。溜りには、緋毛氈の床几。

遠く、浮き立つような里神楽《かぐら》。蒸汽船の汽笛。櫓の音。群集のどよめき。

子供の群、大声に喚《わめ》きながら、右手から走り出る。万燈、団扇《うちわ》、鈴のついた襷《たすき》など。

子供一　みんな、来うい。

子供二　お神輿《みこし》が、弁天町の御仮屋《おかりや》に来てるとさ。
子供一　山車《だし》が四台とも、高龍寺の門の前に並んでるとさ。
子供二　早く行かないと、お神楽が済んじゃうよ。
子供三　待っとくれよ。
子供四　あたいも連れてって。

口々に喚きながら、一散に舞台を通り抜ける。

小林屋の店先では、若い衆一、二、縁台の上で将棋をさしている。

神酒所では、小林屋の持船住吉丸の船頭松五郎、船鍛冶築島の蓮蔵としきりに盃のやりとりをしている。

下女お辰、襷がけで、酌をしたり、汚れた膳のものを下げたりして、立ち働いている。

着飾った祭り見物の老若男女、一しきり左右に行き交う。

若い衆一　（将棋の駒を動かしながら）菊は二度咲く、葵は枯れると。どうだ、御時勢にゃあ敵《かな》うめえ。いい加減に兜を脱げ。
若い衆二　（おなじく）ええい、やっちめえ。角《かく》ぐれえ取られたって、鳥羽伏見の敗け戦さほどにもこたえねえや。
若い衆一　よ、この野郎、おつう徳川方を気どりゃあがるな。と、この飛車が、さしづめ朝敵征伐の総大将西郷吉之助どんだ。海道筋を、こう攻め寄せたら、何んとする。
若い衆二　どっこい、勝安房《あわ》じゃあるめえし、そうやすやすと江戸城は明け渡さねえぞ。
松五郎　（盃を手にしながら、縁台の方を振り向いて）こいつ等は、まあ、呆れ返った野郎共だ。賭け将棋の口争いに、葵がどうの、江戸城がどうのと途方もねえことを吐かしやがるが、これが十年――いや、二年も前であって見ねえ、忽ち笠の台がすっ飛ぶぞ。
若い衆一　へっ、冗談でしょう。元治慶應なら知らねえこと、明治と改まる今年からは、徳川様の悪口は天下御免でさあ。――さあ、どうだ、彰義隊の猪武者め、もう寛永寺に火がついたぞ。
若い衆二　あっと、そうか。――ところで、お手は。
若い衆一　歩が三枚に、角に、金銀。
若い衆二　畜生、てめえが、いやに官軍振りやがるから、こっちも意地づくで公方《くぼう》様を担いだら、とんだ旗色が悪くなった。いよいよ、会津の城に立て籠るか。
若い衆一　もうその先は逃げられねえぞ。蝦夷ヶ島の五稜郭には、薩長方の御役所が、ちゃんと立ってるのを知らねえか。（勝負は続ける。）

高札場の二つ並んだ立札の前には、黒山のような人だかり。群衆の波は、この人山に吸い込まれ、また流れ出る。

老　婆　ちょっくらお尋ね申しますべ。わしは在の者で、皆目文字が読めねえのだが、この立札には、一体、何んと書《け》えてありますだ。
町人一　婆さん、箱館は、始めてか。
老　婆　はいさ。
町人二　それじゃ様子は分かるめえ。
町人一　な、見ろ、こっち側の立札は、この春、薩長の御役人が、五稜郭へお乗込みのすぐ跡に立ったものだ。
町人二　いいか、今度の御一新でな、津々浦々の果てまでも、新政府のお直々《じきじき》の支配地になったからは、これまでと事変って、下々を吾が子のように思召し、町人、百姓、漁師まで、安楽に渡世が出来るよう、格別の御取り計らいがあるから、みんなも安堵して仕事を励めという事が書いてあるのだ。
老　婆　はいさ、そんでは、ことしのお釈迦まつりに、わしらの在所の寺の門前さ立ったお札と――
町人一　うむ、それそれ。蝦夷ヶ島の隅から隅まで、この御達しが廻った筈だ。
老　婆　(高札を伏し拝んで) 南無あみだ仏。南無あみだ仏。
町人二　ははは、婆さんにかかっちゃあ、役人も坊主も一緒くただな。(人々、笑う。)
老　婆　そんでは、そっちゃの立札は――
町人一　こいつは、きょうの八幡祭を見越して、きのう立ったばかりだとよ。
町人二　婆さん、おめえ、閏《うるう》の四月に、小樽内の漁場《ぎょば》で、一揆が起ったのを知ってるか。
老　婆　はいさ。あんでも村の衆の噂では、今度、博奕打ちに税金がかかったのを不服に思って、ならず者が大勢して、お上の御番所さ暴れ込んだとか込まねえとか。

町人一　そうそう、その一件だ。そういう不届至極《ふとどき》の奴だから、きょうその張本人の小太郎ほか三人の者を、市中引廻しの上、獄門にかけると書いてあるのだ。

老　婆　へえ、そんでは、さらし首に――ははは、おめえらは、わしが明き盲だと思って嬲《なぶ》らっしゃるのだか。年寄りをからかわねえで、ほんとのことを教えて下され。

町人一　嘘も本当もあるものか。疑ぐるなら、ほかの奴らに訊いて見ねえ。

町人二　いっそ、五稜郭のお役所に行って、府知事様に伺って来い。

左手から、出前持ちの男、急ぎ足に出て来る。

男　（小林屋の店先へ来て）へえ、お待遠様。

お　辰　何処だい。

男　大町の「重三郎」から、お誂《あつら》えを持って出ました。

松五郎　大そう遅いじゃねえか。ここへ持って来い。

男　へえ。相済みません。（重箱を取り出して、置く。）

蓮　蔵　有りがてえ。有りがてえ。西洋料理に灘の酒とは、とんだ口果報だ。

松五郎　なあに、初代重三郎の「びいふすてき」は、箱館名物の一つだったが、今の二代目はさほどでもねえさ。その代り、お値段のところは、ずんと廉《やす》くなった。

お　辰　自分の懐ろが痛まないと思って、勝手なことを言ってるよ。厭なら、およし。
松五郎　おっと謝《あやま》った。流石は、うちの檀那だけあって、ちょっとの奢りが、この通りだ。世間じゃあ、鬼小林屋の、強欲重吉のと吐かしやがるが、立ち寄らば大樹の蔭さ。
蓮　蔵　今、小林屋の身内と言やあ、侍ならば薩長方と言う格で、何処へ出たって、五稜郭の物見櫓ほど鼻が高けえさ。
お　辰　五稜郭の櫓ほどは、よかったね。
男　まことに申し兼ねますが、きょうは、外国の軍艦方の御上陸で、上がりも出前も立て込んでおりますから、後ほどまでに、その重箱をお空けなすって。
お　辰　あいよ。御苦労様。（男、去る。）
若い衆一　（勝負をつづけ乍ら）しかし、変りゃあ変るもんですねえ。松つぁんなんざ、つい此の間まで、四つ足を喰うと角が生えるとか言って、「重三郎」の横文字入りの掛行燈《かけあんどん》の前を、よけて通っていたじゃありませんか。
松五郎　何を言ってやがる。英吉利貿易の総元締、小林屋重吉様の使用人が、何時までそんな旧弊を言っていられるか。

南京人の飴売り、荷を担いで、右手から出て来る。舞台の左端に、荷を卸す。

南京人　（往来の者に）オ客サン、飴買ッテ下サイ。南京名代ノサラシ飴、日本ノ飴ト違ッタ味スル。

長生キノ薬アル。飴買ッテ下サイ、オ客サン。

高札場の前の人だかり。

町人三　しかし、巧めえ思いつきだな。
町人四　何がよ。
町人三　何がって、罪人を引き廻すなあ、大勢に面を見せてえからじゃねえか。して見りゃ、町方の者は言うに及ばず、近在近郷の漁師百姓が、珠数《じゅず》つなぎになって歩く今日なぞは、それこそお誂《あつら》え向きと言うもんだ。
町人四　だって、おめえ、箱館の八幡様と言ゃあ、徳川様の御時勢には、毎年御供米を二十俵も寄進して、御奉行様の祈願所になってたお社《やしろ》じゃねえか。
町人三　それが、どうした。
町人四　いくら世の中が変ったからって、その祭りの最中に、穢《けが》わしい縄つきなんぞ引き出しちゃ、罰が当らあ。
女　一　ほんとにさ。府知事様がきょう御社に御参詣になって、薩長方の武運長久をお祈りなさるというけれど、この様子では、あんまり御利益《ごりやく》はなさそうだよ。
女　二　山車やお神輿は、たんと見たいけれど、そんな不吉な行列には、どうか出っ遭《くわ》したくないもんだねえ。

女　一　鶴亀、鶴亀。行こうよ。
女　二　行こうよ。

縁台の将棋は勝負がついて――

若い衆二　（頓狂な声で）さあ、〆めたぞ。
若い衆一　ううむ、そうか。（駒を投げ出して）畜生め、勝ってる勝負を負けちまった。
若い衆二　だから、徳川方だって、あんまり莫迦《ばか》にもならねえさ。いつ何時、盛り返さねえもんでもねえよ。（伸びをして）さてと、一つ西洋料理のお仲間入りをするか。
若い衆一　いめえましいな。（二人、神酒所に入る。）
お　辰　一体、何を賭けたんだい。
若い衆二　黒船見物の艀銭《はしけせん》を賭けたのよ。
お　辰　何んだい、つまらないじゃないか。小さな艀《はしけ》に寿司詰めにされてさ、さんざ浪をかぶってさ、それでも軍艦の上まで上がれるんならいいけれど、ただ外側を漕いで廻るだけだっていうじゃないか。
若い衆一　それだって、おめえ、英吉利船《ぶね》が三艘に、仏蘭西船が二艘も港にへえってるんだ。後学のために見て置きてえやな。
松五郎　へん、時代遅れな野郎共だな。おれなんざあ、十何年も前に、「ぺるり」提督が入津《にゅうしん》した時、毛唐の軍艦なんざあ飽きるほど見ていらあ。
若い衆一　おや、おや、さっきの仕返しか。はははは。
蓮　蔵　しかし、文明開化と言っても、日本の海軍はだらしがねえな。諸外国の軍艦に較べりゃあ、松前藩の――
松五郎　そりゃ、この辺の船は、較べものにゃならねえが、お膝許の江戸湾にゃ、立派な艦隊があるっていうぜ。そら、榎本釜二郎が和蘭《オランダ》国から持って帰った開陽丸という艦《ふね》にしろ、今度「めりけん」国から買い取る筈の甲鉄艦というのにしろ、下手な黒船は跣足《はだし》だと言うぜ。
若い衆一　へえ、日本にも、そんな大した軍艦があるんですかい。
若い衆二　で、その艦は、今どっちの手に在るんですい。幕府ですかい、薩長ですかい。
松五郎　うむ、そいつを渡せ、渡さぬで、しきりと揉《も》めているそうだ。

高札場の前の人だかり。

村人一　やれ、やれ、雪解けからの陽気の狂いがやっとこ立ち直って、どうかこうか七分作の見込がついたちうとこで、うかうか祭り見物などに出て来たが、見るもの聞くもの、碌なことはねえど。
村人二　村さ帰って、土産話にもなんねえだ。御一新の世になったれば、漁場の取り締りも、ちょっとはえぐなるかと思えば、なあも昔と変らねえだ。一揆を起すにゃ起すだけの深《ふけ》えいわれがあったか知んねえど。

村人一　それに、小樽の漁場といいば、請負人が、鬼小林屋の強欲——
村人二　これよ、でっけえ声を立てるでねえ。小林屋の本見世は、すぐ其処だど。（指さす。）
村人一　さあ行ぐべ。
村人二　行ぐべ。（歩き乍ら）わりい辻うらだど。今年や霜も早かんべえし、こんで鮭《あきあじ》が外れて、冬鰊《にしん》でも不漁《しけ》と来れば、何として越年《えちねん》しるだ。（左手へ去る。）

南京人の飴は、ちっとも売れない。

南京人　（声を嗄《か》らして）オ客サン、飴買ッテ下サイ。飴買ウオ客サン、覗《のぞ》キ絵、タダ見セル。面白イ支那ノ景色、十枚タダ見セル。飴買ッテ下サイ、オ客サン。
蓮　蔵　時に、檀那は、まだ、これか。（肘枕の手つきをして見せる。）
お　辰　きょうは、何時になく召上って、羽織も脱がずに二階で横になっておいでだよ。けさから、何んだか、大そう御機嫌が悪いようだよ。
蓮　蔵　ふうむ、引廻しの一件が、大ぶお気にかかると見えるな。
若い衆一　そりゃ何んと言っても、檀那の漁場で持ち上った騒動だから、あんまり寝覚めはよくねえでしょう。
松五郎　（聞咎めて）何だと、この野郎、知りもしねえで生半可《なまはんか》なことを吐《ぬ》かすねえ。てめえ、檀那に、何か後暗いところでもあると思ってやがるのか。

若い衆一　そ、そうじゃありませんけどさ、何んのかのと檀那のお名前が引合いに出されて、口の端《は》にもかかるだろうし――

松五郎　だから、どうしたって言いやがるんだ。いいか、石狩、小樽、余市《よいち》の漁場は、うちの檀那の請負地だ。地許《もと》の昆布は、小林屋の一手買いで、ほかへ売ろうたって売れやしねえんだ。問屋相場どおりに、買い上げてお貰い申してりゃ、四の五の吐《ぬ》かすこたあねえじゃねえか。それを、おめえ、身の程知らずの痩せ漁師が、やあ小林屋の持船は、昆布を取っても税金がかからねえの――

蓮　蔵　よせ、よせ、松公。滅多《めった》なことを言うんじゃねえぞ。

松五郎　いいや、よさねえ。いいか、野郎、徳川幕府が倒れたってな、お天道様は西から出やあしねえんだぜ。土ん百姓や漁師風情《ふぜい》にゃ、何の拘《かか》わりもねえこった。第一、奴等は、御一新の檜舞台で何ひとつ手柄を立てやしねえじゃねえか。手柄のねえものに分け前が当らねえなあ、知れたこった。そこへ行くと、うちの檀那なんざあ、何千両という御用金を調達して、五稜郭のお仕事始めに、どれほど御奉公を励んだか知れやしねえ。

若い衆一　そんなこたあ、分かってますよ。

松五郎　分からねえから言ってやるんだ。そういう大金を貢ぐ小林屋と、逆さに振っても鼻血も出ねえ貧乏漁師とじゃ、自然お上のお取り扱いも違おうってものだ。それを片手落ちの御政道だなぞと――

蓮　蔵　よせといったら、松公。片手落ちもへったくれもありゃしねえ。博奕打ちのならず者を厳重にお取り締りになるなあ、何時の世にも、当りめえの話じゃねえか。ははは、この野郎、酔っ払って、埒《らち》もねえ出放題を言ってやがらあ。

松五郎　何が出放題なものか。こう見えたってな、小樽一揆の発端からどん詰《づまり》まで、この黒い眼でとっくり見届けて帰ったんだぞ。おれの眼の前で、二度とそんな口を利きやがると、承知しねえぞ。

若い衆二　（なだめて）まあ、まあ、こいつもつい口が滑ったんだろうから、勘弁してやって下さいよ。

お　辰　さあ、お酌をしよう。

若い衆二　（取りなし顔に）じゃ、何んですかい。松つぁんは、きょう引き出される謀反《むほん》人も、顔ぐらいは見知っていなさるんですかい。

松五郎　知っている段じゃねえよ。番所のお役人の助太刀をして、一揆の野郎を叩き伏せようと、手宮の浜で血の雨を降らした、おいらあ発頭人《ほっとうにん》だ。

若い衆二　へえ、そうたあ知らなかったな。それで一揆の人数と言うなあ、総勢何人ぐれえあったんですね。

松五郎　さあ、二百人もいたかなあ。ふふん、よしんば何人いたところで、どうせ稗《ひえ》の雑炊粥に鮭の尻尾で露命を繋《つな》ぐ、高の知れた痩せ漁師だ。昆布や若布《わかめ》じゃあるめえし、ネヂリ棹《ざお》だの錆び鎌で、生きた人間が切れるもんけえ。

蓮　蔵　（最前から立留って、この場の様子を見ていた往来の者に）やい、やい、立つんじゃねえ、見世物じゃあねえぞ。（人々、愕《おどろ》いて散る。）

花道から、泥酔した箱館府兵が三人、怪しい足どりで出て来る。

府兵一　（貧乏徳利を振り廻しながら、放歌高吟。）宮さま、宮さま、み馬のお前に、ひらひらするのは、何じゃいな。トコトンヤレ、トンヤレナ。――

府兵二　（追い縋って）こら、白昼、天下の大道で何ちう態《ざま》かあ。僅かの酒に食らい酔って、見っともないぞ。

府兵三　野暮を言うな。市中警備とは言う条、今日明日の八幡祭は休暇も同然じゃい。来もせん朝敵を目当てに、毎日大砲を磨いたり調練をしとったって始まりゃせん。今日は一番、底抜けに飲んでやるぞ。――

府兵一　門並《かどなみ》、徴発して廻るんじゃい。

府兵二　手のつけられん奴《やつ》ちゃ。人民どもに嗤《わら》われるぞ。

府兵一　構うもんかい。蛆虫めらが嗤やあがったら、英吉利伝習の腕前で、舶来「さあべる」の斬れ味を見せて呉れるわ。

府兵三　おい等は、昔のような貧乏徳川の又家来ではないぞ。憚《はばか》り乍ら、江戸総督府直属の函館御親兵じゃい。――（歌う。）あれは、朝敵征伐せよとの錦の御旗じゃ、知らなんか。トコトンヤレ、トンヤレナ。――

酔態紛々、本舞台にかかる。

府兵一　（徳利を呷《あお》って）や、酒が切れたぞ。こら、こら、人民、貴様らのうちに、酒を持っとる奴はないか。（高札場の前の群集の中に割ってはいる。）さあ、出しおれ。
府兵三　おいらを何だと思う。弁天台場附の守衛隊じゃぞ。
府兵一　貴様らにゃ、あの砲台が見えんかい。おい等があすこで港口を堅めておりゃこそ、どんな朝敵が現われたとって、箱館市中に指一本さ させんのじゃ。
府兵三　一朝、事がありゃ、貴様らの身体生命は、誰の庇護を受けるか分からんかい。その大恩を思うたら、地酒の一升や五合、出し惜しむな。さあ、出せ、寄越さんかい。
府兵二　醜態極まるぞ。官軍の体面を考えいちうに。
府兵一　（見廻して）ふうむ、どいつもこいつも不景気な奴ちゃ。吸筒《すいづつ》一つ、携帯しとらん。（南京人の飴売りに目をつけて）や、わいは、この間の南京人じゃな。
南京人　（縮こまっている。）
府兵一　性も懲《こ》りもない奴ちゃ。貴様、おい等の眼を忍んで、また、こな処を徘徊しとるな。
府兵三　ううむ、こりゃ、ええ魚が網にかかったわい。
府兵一　こやつは、五稜郭本営で使役しとる南京人の一味じゃぞ。
南京人　ソレ違ウ。ワタシノ仲間、悪イコトシナイ。嵐デ日本へ流レツイタ。ワタシノ仲間、密貿易シナイ。間違ッテ牢屋へ入レラレタ。
府兵一　たわ言、ほざくな。
南京人　ワタシ一人デ支那へ帰レナイ。仲間、牢屋出ルマデ、ワタシ飴売ッテ待ッテイル。許シテ下サイ。
府兵三　莫迦《ばか》ぬかせ。何年待ったとって、貴様らの一味は、放免になりゃせんぞ。
府兵二　（制して）まあ、ええ。おいに任せとけ。――貴様、知らんじゃろうが、異国人は、町会所の許可を受けにゃ、市中で物売りは出来《でけ》んのじゃぞ。それとも、貴様、許し証文を所持しとるかい。
南京人　（首を振る。）
府兵一　そら見い。
府兵二　ようし。きょうは大眼に見てやるから、早く立ち去れ。
府兵三　待て、南京人。規律侵犯じゃ。売り溜めを没収するぞ。さあ出せ。
府兵一　出しおらんか。しぶとい奴ちゃ。（首玉を摑んで、引ったくる。）
府兵三　（改めて）ははは、十六文よりねえぞ。
南京人　（縋《すが》って）金、金、ワタシノ金。
府兵一　無いより増しじゃ。
府兵二　もうええ。勘弁してやれ。行こう。
南京人　（獅嚙《しが》みついて）金、金、返シテ下サイ。
府兵三　ええい、しつこいわい。（突き倒す。）とっとと行けい。

南京人、泣き乍ら、荷を担いで去る。

府兵一　宮さま、宮さま、み馬のお前に――（小林屋の店先の床几に躓《つまず》く。倒れる。）
府兵二　しっかりせい。（抱き起す。）
府兵三　やい、こな処に邪魔な物を出しおって、往来妨害じゃぞ。（床几を蹴り倒す。将棋の駒、散乱。）
府兵一　（やっと起き上がって）やい、人民、此処へ来て、詫びんかい。
松五郎　（むっとして立ち上がる。）何だと。横柄な口を利きやがって。
府兵一　此処へ来て、挨拶せいちうんじゃ。
蓮　蔵　何を吐かしやがるんでえ。錦《きんぎ》切れを笠に威張りたかったら、そこいら辺の土ん百姓でも相手にしろい。
松五郎　此処を、どなた様の御見世先だと思ってやがるんだ。
府兵三　何じゃと。
松五郎　てめえらは知るめえが、この箱館の問屋頭で英吉利貿易の一手元、小林屋重吉様のお住いだぞ。この見世先で狼藉を働きゃあ、檀那の口から五稜郭へ申告して、明日《あす》にもてめえ等を免職にしてやらあ。
府兵一　何を猪口才《ちょこざい》な。
府兵二　（押しとどめて）よせ、よせ、相手が悪りいぞ。
蓮　蔵　てめえ等の眼にゃ、弁天台場だけ見えて、つい鼻先の貿易会所が見えねえのか。檀那のような貿易大尽がお上《かみ》の御用をお勤めなさりゃこそ、てめえ等もなけなしの給金に有りつけるんだ。貧乏侍の下っ端め、顔を洗って出直して来い。

府兵一　ほざいたな。
府兵三　もう勘弁がならねえぞ。
府兵二　待て、見境いのない奴ちゃ。待てというのに。（必死になって留める。）

小林屋重吉、赭《あか》ら顔の恰幅の好い老人、見世の奥から出て来る。

小林屋　これ、これ、見世先で騒々しい。何としたものだ。
松五郎　おお、檀那ですかい、何あにね、こいつ等が、お上の威光を鼻にかけやがって、権柄《けんぺい》づくで物を言いやがるから――
小林屋　間抜け奴。仮にも箱館御親兵に対し、粗相があっちゃあ相済まねえぞ。
松五郎　へえ。
府兵一　うむ、貴様が当家の主《あるじ》かい。
小林屋　これは、どうもとんだ御無礼を仕りました。何んの弁《わきま》えもねえ野郎共のことでございますから、どうか御勘弁下さいまし。
府兵三　今さら詫びたとって、何になるかい。
府兵二　こら、黙っとれ。
小林屋　手前どもの落度は、重々お詫び申上げますが、皆様も、唯今のような軽々しい御所業は、この節柄、ちとお嗜《たしな》みなさいまし。

府兵一　何じゃと。
小林屋　はて、御銘々様《めいめい》は、今をどのような時節とお考えなされますな。なるほど薩摩の果から御江戸まで、日本国中のあらかたは、新政府の御手に落ち、また当蝦夷地にも逸早《いち》く府庁をお取り建てに相成りましたが、佐幕方の残党は、今なお奥羽越同盟を結んで、会津の北へは薩州長州の兵隊を一足も入れまいと、軍備を凝らしておりますそうな。それに、つい二、三ん日《ち》まえ、当地へ昆布積みに立寄りました大阪船《ぶね》、下之関船《ぶね》などの便りでは、陸軍ばかりか幕府方の艦隊も、館山沖に集合致して、何やら不穏の形勢もほの見えますとか。さすれば、薩長方の御地盤が動《ゆる》ぎなく固まったとは申されますまい。
府兵三　それ位のことは存じておるわい。
小林屋　その上、長《なが》の戦争つづきで、下々の心も兎角荒れすさび、上下身分の弁えもなく、あわよくばこのどさくさ紛れに事を構えて私利私欲を貪ろうと、よからぬ事を企らむ手合いも、間々ございます。早い話が、あの立札にもあるような一揆打ち壊しのたぐいが、近頃跡を絶ちませんのは、返す返すも慨《なげ》かわしい仕儀ではございませんか。
府兵達　（無言。）
小林屋　かようの折柄、人民擁護の重いお役をお勤めなされる皆様が、仮りにも権柄《けんぺい》を笠に着て、下々の怨みを買うような御振舞があっては、第一、お上へ対し相済みますまい。それに大ぶ御酒機嫌のようにお見受け致しますが、お役目柄、如何なものでございましょう。
府兵達　（無言。）

小林屋　ははは、御武家方に向っていらざる長談義、お聞き憎うはございましたろうが、平に御容赦下さいまし。（何がしの金を紙に包んで）これは、甚だ些少ではございますが、お詫びの印に、お受け取り下さいまし。

府兵二　いや、吾々は、市中取り締りの役目によって、お店先の床几が往来の妨げになると指図いたしたまでのこっちゃ。そのような金子《きんす》を——

府兵一　ええ、猫辞退をするな。いや、さすが当家の主だけあって話が分かるわい。辞儀なしに頂戴するぞ。（受け取る。）

府兵三　こやつ、すばしっこい奴ちゃ。（人々、笑う。）

府兵四、右手から駈けて出る。

府兵四　（府兵三人の姿を認め）おお、貴公たち、此処に居ったか。府知事閣下御参詣の道筋に、何か不穏の形跡があるんじゃ。耳を貸せ。（府兵一に囁く。府兵一、驚く。）

府兵四　いいか。直ぐに行け。おいは、先を急ぐ。頼んだぞ。

府兵二　何処へ行くんじゃ。

府兵四　弁天台場じゃ。（言い捨てて、左へ駈け去る。）

府兵一　よし、貴公らも来い。（よろめく。）

小林屋　気をつけて、おいでなさまいし。（府兵三人、右手へ去る。それを見送ってから、蓮蔵、松五郎に向い）てめえ等も何んの態《ざま》だ。ちっと慎しめ。
松五郎　へえ。
蓮　蔵　申しわけござんせん。（頭を掻く。）
松五郎　ところで、檀那、今の侍が御道筋にどうとやらと――
小林屋　なあに、日頃事が多いので、疑心暗鬼という奴だろうが、ま、念には念を入れるに越したことはあるまい。（腕組みをして、腰かける。）

下女お辰、若い衆たち、倒れた床几を起し、その辺を取り片づける。

松五郎　（周囲を取り巻いた群集に気づき）立つんじゃねえ。立つんじゃねえと言ったら分からねえな。
（群集散る。）

右手から、小林屋重吉の娘、お竜《りゅう》、英吉利好みの異人服姿で、「ぱらそる」をさし乍ら、出て来る。

お　竜　おや、大変な人だかりだねえ。どうしたのさ。（父親を認めて）あ、お父つぁん、居留地からお使者に立ったんだけれどね、「あんだあそん」が是非お父つぁんに来て貰って、お酒盛りがしたいと言うんだよ。
小林屋　娘か。いつも乍ら、けばけばしい身なりだな。

お　竜　来ておくれかえ。（傍にかける。）
小林屋　きょうは、ちっと面白くねえことがあって胸がむしゃくしゃしているのだ。行かぬとお断わり申して呉れ。
お　竜　つまらないねえ。――おや、蓮蔵さん、（会釈して）この間は、「田本」の店へお供をしておくれで、御苦労だったね。あの節の硝子《がらす》写真が出来て来たが、見せようかえ。
蓮　蔵　もう出来ましたか。それは、ぜひ一つ――
お　竜　まあ、見ておくれ。（懐中から袱紗《ふくさ》づつみを出して渡す。）「田本」の主人は、さすが「おろしや」の「ぜれんすけ」の弟子だけあって、何時うつしても冴《さ》えた腕だねえ。
蓮　蔵　へえ、なるほど。（眺め入る。）これは、御世辞ぬきに、よく撮《と》れました。
松五郎　どら、どら、こちとらにも拝ませてくれ。（若い衆、お辰などと、写真を奪い合う。）
お　竜　乱暴おしでない。高価な品だよ。疵《きず》でもつけたら、弁済させるよ。（うけ取って）お父つぁん、ほんとに来て呉れぬのかえ。
小林屋　今日は何んとしても気が進まぬ。折角だが、帰ったらよろしく言ってくれ。
お　竜　何だか話があるようだったよ。この間、港にはいった普魯斯《プロシャ》の蒸気飛脚船が、何か大事な知らせを持って来たとかで、殊によると、この蝦夷地にも戦争騒ぎが――
小林屋　何だと、そんな知らせがはいったのか。まあ、見世先では話も出来ぬ。二階へ来い。（先に立って奥へ行く。）
お　竜　いっそ居留地へ来ておくれだといいのだのに――（あとから、ついて行く。）

若い衆一　（見送って）写真もいいが、生地はめっぽう美しいな。
お　辰　でも、絵などと違って、写真てものは、正直だねえ。左の鬢《びん》の疵あとから、額ぎわの癖毛まで、そっくり撮《うつ》っているじゃないか。
若い衆二　へん、お多福が岡焼半分、何とか言うぜ。
お　辰　よしておくれよ。あたしゃ異人なんか真っ平だよ。降る何んとかにと言うじゃあないか。
若い衆二　へん、鏡と相談しゃあがれだ。は、は、は。
蓮　蔵　ええ、大きな声をするねえ。お二階に聞えるぜ。
松五郎　だが、年は取っても、うちの檀那は、御時勢にゃ疎《うと》くねえなあ。すんでの事に丁稚上りの佐七の野郎を婿に直すところだったが、黒船渡来から開港令と、あわただしい時の流れの潮先を見て、俄《にわ》かに居留地へお輿入れと話を振りかえた御手際なんざあ、なかなか出来ねえ芸当だ。
蓮　蔵　そうともさ。お竜さんを英吉利商館の一番番頭「あんだあそん」の権妻《ごんさい》におやんなすったのが縁となって、檀那もうまく「こんしゅる」に取り入り、しこたま儲けなすったんだから、お竜さんにしたところで、とんだ親孝行というもんだぜ。
お　辰　だけど、あたしは、あの晩の、佐七つぁんの顔を思い出すと、いまだにぞっと身顫《みぶる》いが出るよ。
若い衆一　気違いに刃物たあ、よく言ったもんだ。
若い衆二　小林屋の身代に望みはねえが、お竜さんだけは諦められねえと吐かしやがったっけ。
松五郎　お竜さんの鬢の傷は、湯の川の湯治場から癒《なお》って帰ったが、佐七の野郎、磯っくせえ茅部の親里に帰されて、今頃どんな夢を見ていやがるか。

遠く、太鼓の音、簫《しょう》ひちりきの楽の音。

町人五　おお、あの太鼓は、会所町《かいしょまち》のお社だ。
町人六　府知事様の奉納神楽が、それじゃあ愈々《いよいよ》始まるんだな。
町人五　行って見よう。
町人六　何処ぞ石段の下あたりで、府知事様の御帰りを拝もうじゃないか。
群　集　行って見よう。行って見よう。

群集は、どやどやと流れをつくって右手へ去る。高札場の前、がら空きになる。ただ二人、浪人風の侍が向うむきに立っている。郷士平山金十郎と花輪五郎である。

平　山　（じっと海の景色を眺めている。）
花　輪　平山、神前の祈禱が始まるそうな。そろそろ参らぬか。
平　山　うむ。（凝立《ぎょうりつ》。）
花　輪　何を見ている。
平　山　弁天台場を眺めているのだ。あれが手に入ったらと思ってな。

花　輪　ふむ。

平　山　諸術教授武田斐三郎《あや》が、和蘭築城法に則《のっと》って、七年の心血を濺《そそ》いだ金城鉄壁だ。あの厳めしい石垣の中には、六十「ぽんど」の大砲が二門、二十四斤砲が十三座ある。「おろしや」の軍艦「じあな」号が残して行った五十二門の備砲がある。いざとなったら、五稜郭よりも威力を現わすぞ。

花　輪　そうかも知れん。

平　山　おれ達の仕事は、背後に相当の武力が無ければ、所詮貫徹の見込はない。素手で事を挙げるのは、あまり無謀に過ぎはせぬか。

花　輪　今更となって、弱音を吹くな。

平　山　弱音ではない。敵の実勢力を、はっきりと認めいでは、事の成就はなり難いぞ。は、は、は。

花　輪　壁に耳だ。行かぬか。

平　山　それから、あの貿易会所を見ろ。「ろまねすく」とかいう「あーち」型の窓を連ねた、あの高等な建物を見ろ。年に四百艘の貿易船が、世界の富を、あすこへ運んで来るのだ。その巨万の財力を握る問屋仲間が、箱館新政庁の大きな支え柱だぞ。

花　輪　ふむ。

平　山　あの防備と、あの黄金。――花輪、元和慶安《げんな》の昔と違って敵は手剛いぞ。は、は、は。

花　輪　もう言うな。――時に、神前の祈禱は、どの位かかるかな。

平　山　何、半刻《とき》とはかかるまい。

花　輪　人波に堰《せ》かれるから、早く参らぬと約束の場所へは行きつけぬぞ。もう今時分、永国橋の袂《たもと》で、みんな首を長くしていよう。

平　山　待て。よもや俄《にわ》かの変替《へんがえ》はあるまいと思うが、帰還の道筋を、何処ぞそこいらの民家で、もう一度確めよう。

花　輪　分かるか。

平　山　小林屋なら、町名主だ。確かなところを知っていよう。（御神酒所の前に立って）ちと物を尋ねたい。

松五郎　（振り向いて）へえ。

平　山　我等は、清水谷府知事閣下の御馬車を拝みに参るものだが、御帰還の道は何処を通るな。

松五郎　（胡散《うさん》くさそうに）帰りも行きもありゃしません。五稜郭へは一本道。地蔵町から永国橋を渡って、願乗寺の前を鶴岡町へ――

平　山　いや、相分かった。辱《かたじ》けない。（花輪に眼で合図をし、足早に右手へ去る。）

蓮　蔵　はてな。今の侍は、どうやら見覚えがあるようだが――うむ、松公、おいらは、一っ走り大工町の屯所まで行ってくるぜ。

松五郎　何んだ、急にせかせかと――

蓮　蔵　うむ、ちょっと心当りがあるのだ。褒美を貰ったら、一杯買うぜ。（小林屋の後ろへ廻って、姿を消す。）

幕明きの子供たち、左手から駈け戻って来る。

子供一　お神輿だよう。
子供二　お神輿が来たよう。
子供三　（振り返って）やあ、揉《も》んでら、揉んでら。
子供四　面白いな。面白いな。（手を叩く。）

祭り見物の群集、四方から集まって来る。一斉に視線を左へ集める。
揃いの浴衣を着た若者たち、威勢よく神輿を揉んで出る。海産問屋福島屋の主人嘉七、片肌ぬぎ、向う鉢巻、神輿を煽《あお》ぎながらついて出る。

若者達　（口々に）わっしょい。わっしょい。

神輿は、舞台一ぱいに、群集を追い退けながら一周する。

若者達　（口々に）させ、させ。

神輿は、高く、空中に躍る。

世話役の一人、拍子木を打つ。他の一人、台を据え置く。神輿が下ろされる。若者達、小林屋の店先のそれぞれ適当な場所に散らばって、息を入れる。

小林屋、奥から出て来る。

小林屋　おう、これは、福島屋さん。

福島屋　（頭を掻いて）いや、どうも年甲斐もなく、とんだ体《てい》たらくをお眼にかけます。ははは。

小林屋　しかし案じたようでもなく、二年ぶりの本祭りに、雨が降らねえので、大助かりでございますな。

福島屋　いや雨どころか、日本国中の戦争の最中《さなか》に、こんな長閑《のどか》な御祭りが見られようとは、手前、夢にも存じませなんだ。どうやら、この蝦夷地ばかりは、戦さの飛ばっちりを受けずに済みそうでございますな。

小林屋　さあ、それが、どうも――いや、そうあって呉れれば、まことに結構と存じます。

福島屋　結構と申せば、安政この方、当地も日本で指折りの開港場。昔は士農工商と四民の中でも一番賤《いや》しめられた町人が、明治の御代には御上の庇護を受けまして、肩身もひろく、どうやら人並に渡世が致されます。開け行く世の有難さは、早い話が四、五年前に百石二十五両の干し昆布が、鰻上りに今では千両。そのほか、鮑《あわび》、煎海鼠《いりこ》など、世界を相手の取引に、弁天町から大町内澗《うちま》町《ちょう》へかけて、一昔前の高田屋嘉兵衛の向うを張るものが、幾軒も出てまいりました。手前などは、土地柄に合わぬ仏蘭西貿易で、とんと貧乏籤でございますが、小林屋さんなぞは今を時めく英吉利貿易の総元締、さしずめ、高田屋の二代目と申しても——
小林屋　いや飛んでもないこと。高田屋は、手前がように、鬼小林屋の何のと、よからぬ風評は立てませなんだ。が、そしらばそしれ、算盤珠《そろばんだま》を弾《はじ》くが賤しいと言われたこの手で、時勢に遅れた大名侍、何時の世にもうだつの上らぬ百姓漁師の頭を抑えて、やがて天下に——ははは、これはまた埒もないこと、お聞き捨て下さいまし。
世話役　（福島屋の傍に寄って）もし、檀那、そろそろ出かけましょうか。
福島屋　おう、それでは小林屋さん。御免下さいまし。（膝を屈《かが》める。）

世話役、拍子木を打つ。若者たち、威勢よく神輿を上げる。

若者達　（口々に）わっしょい、わっしょい。

神輿は、再び群集を追い散らしながら、花道へかかる。福島屋嘉七、何かと指図しながら、ついて行く。

世話役　（揚幕を見込んで）お、よくねえものがやって来たぞ。鉢合せをしねえように、引っ返せ。引っ返せ。
若者達　（口々に）わっしょい、わっしょい。

世話役　引っ返せ。引っ返せ。

揚幕から、引き廻しの先導役、刑吏一、六尺棒を持って出る。

刑吏一　（大声に）片寄れ。片寄れ。

世話役　（声を嗄《か》らして）ええ、引っ返せと言うのに、聞えねえか。

神輿を担ぐ若者達、始めて刑吏の姿に気がつき、花道の中途から神輿を返す。

世話役　構わねえから、本通りを真っ直《つ》ぐに地蔵町へ出ろ。急げ。急げ。

若者達　（口々に）わっしょい、わっしょい。

神輿は舞台を横ぎり、右手へはいる。群衆、子供達、ついて行く。

刑吏一　片寄れ。片寄れ。

小樽一揆の張本人、小太郎ほか三人の漁師、高手小手に縛《いまし》められ、官服姿の刑吏達に縄尻を取られて、花道を出る。

刑吏達（口々に）歩め。歩め。（罪人を突き飛ばす。）

箱館守衛兵の一隊、左右を護衛している。五稜郭府庁の役人中川梶之助、数人の配下と共に、後ろに続く。

引廻しの人数は、舞台の中ほど、高札場の前まで来て立留る。

群衆、恐怖と好奇心とに鳴りを鎮めて、この状景を見守る。

中　川（進み出て）箱館在住の人民共に申し入れる。本日、鎮守八幡宮の大祭に当り、小樽内漁師一揆の張本人共、市中引廻しの上、千代ヶ岡刑場に於て斬罪に処する事、或は神威を瀆《けが》すに似たりと雖も、この儀は五稜郭府庁に於て深き思召あって執《と》り行わせられる事だぞ。即ち五稜郭新政の御趣旨は、兼ねて御布告あらせられたる如く、泰西諸国の文物制度に則《のっと》って万民保全の道を立て、徳川多年の悪政の根源を断つを旨《むね》とせられる。然れば、府知事閣下御着任匆々《そうそう》、賭博、密売女に重き税金を徴せられたるも、無智蒙昧の人心に巣喰う悪しき慣習を改廃なし、文明開化の恩沢に浴せしむる御趣意に異《ほか》ならぬ。しかるに、小樽内漁場の暴徒ども、賭博役金の徴収に不服を唱え、徒党強訴に及びたる段、不屈至極に付、人民共への見せしめの為——

この時、群衆を掻き分けて、茅部臼尻村の百姓庄兵衛の娘お浅、狂気の如く進み出る。

お　浅　嘘だ。嘘だ。博奕などとは、聞くも穢《けが》わしい。

群衆、これを見て動揺する。庄兵衛、必死になって、娘を抱き留めようとする。

庄兵衛　これ、娘。気が狂うたか。
お　浅　父《とと》さん、放して。放して。（父親の手を潜《くぐ》り抜けて、前へ走り出る。）
庄兵衛　待て。待てというに。（追う。）
中　川　（狼狽して）狼藉者だ。それ、取押えろ。

守衛隊士、お浅に飛びかかる。

隊士一　控えろ、女。
庄兵衛　（一生懸命に）もし、その娘は、正気ではございません。お見逃がし下さいまし。（にじり出る。）
隊士二　（遮《さえぎ》って）ええ、騒ぐな、老いぼれ。
お　浅　（隊士に両手を取られ乍ら）小太郎どの。
小太郎　（愕然として）や、おぬしは、お浅か。
お　浅　はい。

小太郎　莫迦め、何をうろたえて、こんな処へ出て来たのだ。
お　浅　はい。
庄兵衛　婿どの、面目次第もございません。
小太郎　おお、庄兵衛どのか。
庄兵衛　お上からの強《きつ》い御申渡しで、娘の身柄は、里の親父が預りましたが、いよいよそなたの罪状も定まり、きょう獄門にかけられると聞き、せめて今生の見納めに、人垣の蔭からなりと一目別れを惜しみたいと、娘が強《た》っての願いでございます。
小太郎　（頷く。）
庄兵衛　が、里方へお預けの身で、一足でも外へ出たら、科《とが》はのがれぬ。万一、途中で捕まれば、その儘牢へ引かれるばかり、もう諦めいとなだめてもいっかな聞き入れませず、ゆうべ人の寝静まるを待って抜け出したのを追いかけて、しょうことなしに此処まで来るは来ましたが、案《あん》に違《たが》わぬこの有様でございます。
お　浅　（隊士に押えられ乍ら、にじり出る。）小太郎どの、さぞ口惜《くちお》しうございましょうな。
小太郎　（矢庭に蹴倒す。）莫迦め。番所へ強訴の前《さき》の夜に、あれほど言い含めた言葉を忘れ、未練がましい、何のざまだ。
お　浅　だと言って、何の罪科もないお前のことを、博奕打ちの、ならず者のと――
隊士一　ええ、黙れ。
小太郎　帰れ。さあ、帰れ。臼尻村の親里へ帰って、おとなしうお上の御沙汰を待っておれ。ええ、行かぬか。愚か者めが。

お　浅　はい。

中　川　うむ、さては謀反人の女房か。そう聞く上は、この儘には帰されぬ。その女めを引っ括《くく》れ。

庄兵衛　(身をもがいて) もし、お慈悲をおかけ下さいまし。もし、お役人様。

隊士二　ええ、出しゃばるな。

刑吏数人、お浅に縄を打つ。

小太郎　(歯がみをして) それ見たことか。おれに犬死させる積りか。

お　浅　(縛られながら) 縛ったな。畜生、縛ったな。皆の衆、どうぞ聞いて下さいまし。

刑吏二　えい、騒ぐな、静かに致せ。

お　浅　博奕打ちとは、まっかな嘘、うちの人が何んの科人《とがにん》でございましょう。小樽地許《じもと》の漁師には、家一軒に昆布二十五駄、船一艘に五駄という、重い役金をかけながら、大金持の小林屋の船からは鐚《びた》一文も取り立てず、その上、きつい御法度の昆布の若生《わかお》いを盗み取るさえ見て見ぬ振り、地許の漁師がたまり兼ねて船を出せば、直ぐ引っ捕えて片手落の御成敗をなされます。かくては小樽積丹《しゃこたん》の六百人の漁師仲間は、ただ飢え死を待つばかり、生きるか死ぬかの瀬戸際に追い詰められ、よんどころなく番所へ願い出て、小樽の漁場で昆布取る船は、皆一様に税金をおかけ下され、御法度破りの昆布泥坊をお取り締り下されと、お縋《す》がり申すが、何の罪科《つみとが》でございましょう。

中　川　（大喝する。）やい、黙れ。黙らずば、猿轡を噛ませるぞ、大罪人の女房め。
お　浅　ええ、大罪人というは、小林屋の事。しがない漁師の生き血を啜《すす》る強欲非道の人鬼め。
中　川　（たまり兼ねて）それ、口を塞いでしまえ。

刑吏達、お浅に猿轡を嵌める。

庄兵衛　（隊士に押えられ乍ら）お浅、その姿を見とうないばっかりに、あれほど引き留めた親の情けが分からぬか。

この場の様子を、最前から黙然と眺めていた小林屋重吉、この時、群衆の中から進み出て――

小林屋　（中川の前で慇懃《いんぎん》に小腰を屈《かが》める。）これは、中川梶之助様、御役目御苦労に存じます。手前、科人に少々施し物を致したいと存じますが、この儀、お聞届け下さいましょうか。
中　川　うむ、餘人ならぬ小林屋の願いだ。許してとらせる。
小林屋　早速の御承引、有難う存じます。この小太郎と申します科人は、手前どもが昆布刈りの手間賃として差し遣わします少なからぬ金高を、みな飲みしろと盆莫蓙《ござ》の達引《たてひき》とやらに使い果たしてしまいますほどの、大《だい》の酒好きと聞き及んでおります。餘り不愍《ふびん》に存じますので、末期の水の代りと致して、一ぱい恵んでやりとう存じます。

中　川　うむ、近頃殊勝な志だ。科人もさぞ喜ぶであろう。
小林屋　（振り向いて）おい、松。何か大きなものに持って来い。
松五郎　へえ。（人を掻き分けて、見世の中にはいる。）

周囲の人垣から、私語が起る。

群　集　さすがに小林屋の檀那は、腹がでっけえな。
群　集　現在目の前であれほど悪態をつかれても、まだ科人を劬《いた》わろうとさっしゃるのだ。
群　集　ありゃみんな見せかけよ。何んの、鬼小林屋に、そんな慈悲心があるものか。
群　集　あの殊勝らしい面《つら》を見ろやい。こんな芝居を打ちやがって、何処まで図々しいのか底が知れねえぜ。
群　集　何を言ってやがる。てめえは、何でもひがんで物を見やがるんだな。
群　集　こんなお情け深けえ檀那に刄向うとは、恩を仇で返すというものだ。
群　集　やっぱり一揆の奴等が悪い。
群　集　おれぁ、始めて知ったけれど、謀反人は、博奕打ちじゃねえんだってな。
群　集　どうだか分るもんか。

なお、ひそひそと囁き合ふ。

松五郎　（人垣を分けて出る。）檀那、この盃洗《はいせん》に、なみなみと注いで参りました。
小林屋　むう、飲ましてやれ。
松五郎　へえ。（縄つきの傍に寄って）小太郎、てめえ、おれを覚えているか。
小太郎　や、そなたは、住吉丸の――
松五郎　そうよ。手宮の濱で、てめえの仲間をぶった斬った松五郎だ。おい、変った姿で会うものだなあ。
小太郎　（無念の思い入れ。）
小林屋　松。早くやんねえ。
松五郎　へえ。――そら、檀那の御情けだ。飲め。（盃洗を突きつける。）
小太郎　（無言瞑目。不意に盃洗を肩で叩き落す。）
松五郎　や、飜《こぼ》しやがったな。人前で恥を掻かしやがったな。
小太郎　（無言。）
松五郎　野郎、覚えてやがれ。（矢庭に縄つきを突き倒す。）
小太郎　畜生。（飛びかかろうとする。刑吏に縄尻を引かれて倒れる。）
松五郎　血迷うな、野郎。
小太郎　（縄尻をとられ乍ら、猿廻しの猿のように踠《もが》き廻る。）ちええ、残念だ。
松五郎　（飛びのいて）ははは、いい態《ざま》だ。ここまでおいで、甘酒進上だ。はははは。

中　川　小林屋、折角の施《ほどこ》しが無になって、気の毒だな。
小林屋　いえ、どう仕りまして。
中　川　思わぬ事で、手間取った。それ、科人を引っ立てろ。
刑吏達　（口々に）立て。えい、立て。

小太郎、お浅、その他の科人を引っ立てる。

刑吏達　（口々に）歩め。歩め。
庄兵衛　（中川に取り縋《すが》って）もし、お役人様、何とぞ娘ばかりは――
中　川　（冷かに）ならぬ。
庄兵衛　（額を地べたへ擦りつけて）そこを、何とぞ格別の御慈悲を以ちまして――
中　川　えい、諄《くど》いわ。強《た》って申さば、其方《そのほう》も引っ括《くく》るぞ。
刑吏達　（口々に）歩め。歩め。（縄つきを突き飛ばす。）
刑吏一　（先頭に立って）片寄れ。片寄れ。

引廻しの人数、左手へ去る。群集、ぞろぞろとついて行く。
庄兵衛、地に倒れ伏した儘、泣いている。

小林屋　（傍へ寄って）庄兵衛どのとやら。必ず気を落さっしゃるな。及ばず乍ら、この小林屋が引き受けて、お上へ御慈悲を願うてやるから、娘のことは案じるな。
庄兵衛　はい。御親切に有難う存じます。
小林屋　見れば、大ぶ疲れてもいる様子だ。何かと間違のないうちに、早う在所へ立ち帰らっしゃい。（何がしの金を包んで）軽少ながら、婿どのへの手向けだ、菩提を弔ってやりなされ。
庄兵衛　はい。

花道から、小太郎の弟小次郎、佐七と共に急ぎ足に出て来る。

小次郎　何んでもこの先の高札場で騒ぎがあると聞いて来たが——うむ、あすこに札が立っている。
佐　七　（思わず足を留めて）おお、あれは、小林屋。
小次郎　どうした、早く行こう。

二人、本舞台にかかる。

小次郎　（あたりを見廻し、庄兵衛の姿を認め）おお、叔《おっ》つぁん、どんなに探したか知れやしねえぞ。
庄兵衛　小次郎か。
小次郎　ずいぶん、おらあ気を揉んだぜ。おらにゃ町の様子は分からず、それにこの通りの人出だから、とってもまぐり会えねえかと思ったよ。幸い、佐七つぁんが一緒に来て呉れたので、助かったぜ。

佐　七　（遠くの方で、もじもじしている。）

下女お辰、若い衆一に何か囁く。

若い衆一　（佐七の傍へ寄って覗き込み）おお、てめえ、佐七じゃねえか。
若い衆二　珍らしい人に会うものだなあ。
松五郎　やい、佐七、てめえ、どの面さげて、小林屋の見世先へ――
小林屋　これ、これ。（抑える。）
佐　七　檀那様も皆さんも、お久しうございます。（顔をそむける。）
小次郎　（庄兵衛に）ところで叔《おっ》つぁん、兄《あん》ちゃの引廻しは、もう見たのか。
庄兵衛　見たとも。見たとも。
小次郎　（気がついて）おや、嫂《あね》さんの姿が見えねえが、何んとしたのだ。や、お前、泣いてるな。それじゃあ、やっぱり――
庄兵衛　（頷いて）たった今、ここから曳かれて行ったばかりだ。
小次郎　そうか、畜生。もう一足早けりゃ、そんな思いはさせねえものを。
小林屋　佐七、半年会わぬ間に、てめえ、大そう面変りがしたな。

松五郎　すっかり田舎染みてしまやがったが、その姿をお竜さんに――
小林屋　これ、何を言う。（強く叱る。）
小次郎　叔《おっ》つぁん、この金は、どうしたのだ。
庄兵衛　これはな、そこにおいでの檀那様が、お前の兄の菩提を弔えと言って――
小次郎　ふうむ、して、ありゃ、何処のお人だ。
庄兵衛　この小林屋の御主人様だと言う事だ。
小次郎　（俄かに金をひったくり、つかつかと小林屋の傍へ寄って）やい、てめえが鬼小林屋か。畜生、兄貴がこんな眼に遭ったのも、みんなてめえの強慾からだ。それをぬけぬけと、菩提を弔えたあ、どの口で言えるのだ。さ、この金は返してやらあ。（力一ぱい、投げつける。）叔《おっ》つぁん、引廻しの人数は、どっちへ行った。さ、行こう。佐七も来い。（二人をひっ立てるようにして、連れ去る。）
小林屋　（見送って）どうやら、世間の思惑が気にかかるわい。
松五郎　ええ、気の弱いことを仰しゃいまし。この松五郎がついてりゃ、漁師一揆の一つや二つ、朝飯前に叩き潰してお目にかけまさあ。
若い衆一　さ、お辰どん、浪の花だ。
お　辰　ほんとに、ひとの見世先で縁起でもないよ。
若い衆二　（落ちた金を拾おうとして）檀那、この金を――
小林屋　（怒鳴る。）莫迦め。けがれた金に手をつけるな。（言い捨てて奥へはいる。）
お　辰　（塩を持って出て）さあ、たんと撒いてやろうよ。

若い衆一　それがいい。それがいい。（塩を撒き散らす。）

お辰　これで、ちっとは、せいせいしたよ。

俄かに、右手奥で、人声。群集、雪崩を打って逃げて来る。

お辰　おや、何だろう、騒々しい。

松五郎　おお、こりゃいけねえ。やっぱり、蓮蔵の奴あ、眼が早えな。さあ、みんな傍杖《そばづえ》に打たれちゃならねえ。奥へ行け。奥へ行け。（店の者、お辰と、奥へ去る。）

群集　逃げろ。逃げろ。

群集　お通り筋に、乱暴者が飛び出したぞ。

群集　危ないぞ。早く来い。

群集　待っとくれよ。あたしゃ、大事の簪《かんざし》を――

群集　簪なざあ、どうでもいい。

群集　逃げろ。逃げろ。

群集、算を乱して、右から左へ通り抜ける。

平山金十郎、花輪五郎、大勢の箱館府兵と抜き合せ乍ら、出て来る。

花輪　平山、貴公は先に逃げ伸びろ。
平山　うむ。跡を頼むぞ。かねて牒《しめ》し合せた通りだ。先へ行って待っている。
花輪　うむ。
平山　後刻、会おう。

平山、府兵を一人二人、斬って捨て乍ら、花道へかかる。

小林屋の奥から、松五郎、忍び出る。縁台から将棋盤を取って、花輪の足許へ投げつける。不意を喰って躓くところを、府兵に一太刀斬られる。府兵、組みついて、花輪の上に折り重なる。小林屋の二階の窓から、お竜の異人服すがたが覗く。

平山、花道の七三で、追い縋った府兵の一人と斬り結ぶ。この間に幕を引く。

幕外。府兵、平山に肩先を斬られて、撞《どう》となる。平山、一散に揚幕へ駆け込む。府兵、よろめき乍ら、追ってはいる。


——幕——

二之巻　徳川脱走艦隊

資　料

朝廷乃ち子（榎本武揚）等を海賊と見做し、各国公使に告げ、之れと交接すること無からしめ、各藩に令して、糧食を供給することを禁じたり。脱走兵子を推して総督となし、旗艦を開陽丸に定め、（中略）人々開陽丸に集つて今後の行動を議しけるに、（中略）とりどりの評議もありしかど、榎本子の意志は固より北海道に赴き、同地を占領して堂々の戦ひをなさんとに在りし、そは、かつて北海道を巡見し、其の未開の地多く、開拓すれば乃ち天府にして別に一独立国を形勢するに足るを以て、この天府の地を捨て丶取らずんば、天物を暴殄するものなりとの素見を抱き、（中略）衆議を排して函館行を主張しければ皆々さらばとて艨艟北指して館山を発しける……

――榎本武揚子――

十月廿日暁三字頃函館ヨリ丑寅ノ方ニ当テ東海二十余里鷲木村ノ浜ニ入ッテ投錨ス（中略）諸艦此地ニ着スル夜降雪甚シク寒気殊ニ烈シ直ニ「スルツプ」ヲ下シ先隊ヨリ次第ニ陸揚ヲナス

――説夢録――

人物

榎本釜次郎武揚《たけあき》　元徳川海軍副総裁。江戸脱走艦隊の指揮者。
大鳥圭介　元徳川歩兵奉行。
荒井郁之助　元徳川軍艦奉行。
永井玄蕃《げんば》　元幕府若年寄。
高松凌雲　軍艦附医師取締。
土方歳三《としぞう》　元新選組副長。
かぴたん・ぶりゅーね　仏蘭西軍事教官。
かずぬーぶ　同前。
ふおるたん　同前。
中島三郎助　元浦賀与力。中島隊長。
中島恒太郎　その長男。
中島英《ふさ》二郎　その次男。
大野弁之助　砲兵差図役兼器械方。
寅蔵　蝦夷川汲《かっくみ》の漁師。
多九郎　同前。
脱走海軍水夫数人。　同砲兵二人。　決死隊士数人。　喇叭《らっぱ》手二人。

舞台

明治元年十月中旬。

蝦夷、噴火湾内、鷲ノ木の沖合。

徳川脱走艦隊の旗艦「開陽丸」（総噸数、二千五百六十噸。蒸気力、四百馬力。備砲大小二十六門。）


舞台は、艫《とも》に近い上甲板を、左舷から真横に眺めた状景。

右手に、一段高く、「ぷーぷ」（船楼）。平舞台が上甲板。垂直に近い梯子が、上甲板から、「ぷーぷ」への昇降に備えてある。「ぷーぷ・でっき」（船楼甲板）は、備砲を一門、海に向けている。備砲の傍に、龕燈《がんどう》が備えつけてある。

舞台の奥を横に走る右舷の欄干。欄干を越して、黒々とした初冬の海と、銀雪に覆われた蝦夷地の群山。

欄干の左端に近く、舷門。幕明きには、まだ、「たらっぷ」（舷梯）が吊り上げた儘になっている。

舷門と「ぷーぷ」の中間に、日本の「だびっと」に吊った「ばってぃら」（端艇）。

上甲板の真中に、船室へ降りる「はっち」（艙口）。適宜の場所に、通風筒、「らいふ・ぶい」「びっと」その他。

舷門と「ぷーぷ」の側面とに、それぞれ一対の高張提灯《たかはり》。「ぷーぷ」の側面の提灯には、既に灯が入《はい》っている。明方の蒼然たる微光の中に、小麦粉のような雪が、菲々《ひひ》と降りそそいでいる。龕燈と高張提灯の赤い暈《かさ》。

碇泊前の「えんじん」が、船底から緩慢な響きを伝えている。

上甲板では、一団の水夫が、長柄の棕櫚箒で、降りしきる甲板の雪を掃いている。

水夫一　（空を仰いで）根気よく、降りやがるなあ。
水夫三　とうとう薩摩の芋侍に、北の果まで追い詰められたぞ。
水夫二　（掃く手を休めて、息を吐きかける。）つめてえ、指先が千切れそうだぞ。
水夫四　元気を出しおれ。じきに碇泊だぞ。
水夫二　とても遣り切れぬ。（僅かの暖を求めて、高張提灯に手を翳す。）ああ、暖けえ。
水夫四　やい、暗いじゃねえか。
水夫二　（力なく箒を動かす。）雪というものは、重たいもんだな。
水夫一　当り前よ。江戸に降るような牡丹雪じゃねえ。
水夫二　江戸か。
水夫三　憚《はば》かん乍ら、本場の雪だとよ。尤も、鯛や松魚《かつお》と違って、雪ばかりゃ場違いの方が助かるぜ、ははは。
水夫四　莫迦め、黙って掃け。

水夫二　寒いなあ。餅腹に、この寒さと来ては、どうにもならぬ。お餅《かちん》のほかに、もう兵糧は無いのかなあ。
水夫一　餌《えさ》は、まあ何でもいい。それより、おれは、風呂にはいりたいぞ。金華山沖で吹《ふ》雪《ぶ》かれた時に、（水夫二を指して）貴様に反吐《へど》を吐きかけられた儘だから、気色の悪いこと夥《おびただ》しい。
水夫三　風呂か。そうだ、思い出したぞ。南部の宮古湾に寄った時にな、榎本さんや荒井さんは、陸《おか》で一風呂浴びて来たのだ。おれが将官室へ伝達に行くとな、――いいか、みんな、なつかしい神田の「松之湯」のにおいがするじゃねえか。
水夫一　今時分、江戸じゃ何をしているだろうな。いまだに米が、一両に一斗一升もしているかなあ。
水夫二　（たまり兼ねて）後生だ、江戸の話をしてくれるな。
水夫四　今度、江戸と吐かした奴は、海ん中へ叩き込むぞ。（盲滅法に雪を掃く。）

「はっち」から、大砲差図役兼器械方大野弁之助が、仏蘭西軍事教官「ふおるたん」と一緒に登って来る。

大　野　仏蘭西教官殿、俄《にわ》かの故障と存ぜられます。
ふおるたん　そうかな。
大　野　夜《や》前《ぜん》、津軽沖での大砲改めの折には、自由自在に旋回致した砲身が、びくとも動かぬのでありますから――

ふおるたん　莫迦を言っちゃいかんよ、君。人間ならいざ知らず、大砲が凍え死をしたという話は、吾が仏蘭西の歴史始まって以来、聞いたためしがありゃせん。精々「れーる」が雪に埋まって、砲架の旋回が利かんのだろう。

大　野　何にせよ、時刻が差し逼っておりますから、取り急ぎ、御検分を願います。

ふおるたん　よろしい。

二人、話しながら、「ぷーぷ」へ登って行く。
甲板の水夫ら、その後ろ姿を見送る。

水夫一　艫《とも》の四「ぽんど」砲を、どうするのだろう。撃つ気かな。

水夫三　さあ、分からぬ。

水夫一　江戸湾脱走この方、分からぬ事だらけだ。第一、なぜ箱館港《みなと》の正面を衝かずに、ついぞ名も聞かぬ鷲ノ木の浜へ着岸致すのか分からぬ。

水夫三　またこの鷲ノ木から、目ざす箱館がどの方角に当るかも分からぬ。

水夫四　よけいな気遣いを致すな。吾々下等乗組人の口を挿《さしはさ》むところでないぞ。

水夫三　なら、貴様、五稜郭の在所《ありか》が分かるか。

水夫四　知るものか。

「ぷーぷ」では、仔細に大砲を検分して――

大　野　御覧のとおり、「れーる」の雪は残らず取り除《の》けておりますが――
ふおるたん　ふうむ、これは、いかん。旋回「はんどる」も歯車も固く凍りついておる。
大　野　よほどの寒気と覚えます。
ふおるたん　ふん、吾輩の故郷「のるまんでい」の沖合も、ずいぶんと冬は寒いが、まだ軍艦備砲が凍りついたという話は聞かん。尤も、大砲の善し悪《あ》しにもよるだろうが。

上甲板では――

水夫二　畜生、とても溜らぬ。（両手で、高張提灯を抱く。）ああ。
水夫四　やい、暗いと言ったら、分からぬ奴だな。（劇しく、その手を払いのける。）
水夫二　（叫ぶ。）痛てえ、霜焼けが崩れているのだぞ。

「ぷーぷ」の上では――

大　野　江戸積みの仏蘭西火薬を、嵐で海に沈めました跡、千辛万苦の末に、漸く弾薬を調合致しましたが、今度は、大砲がこの始末でございます。殆んど精根尽き果てました。

ふおるたん　なあに、大した事はない。大砲方当番に、即刻、再度の手入れを申しつけるのだ。しかし、この分では右舷舷側砲の一々について、故障の有る無しを確めにゃならん。場合に依れば、一斉射撃だからな。
大　野　はい。是非共、陸揚げ迄に用意が整いますよう、然るべく御引廻しを願います。
ふおるたん　よろしい。行こう。

二人、「ぷーぷ」を降りて、左手へ行く。

水夫三　（一に）おい、聞いて見ようか。（一、頷く。――進み出て）仏蘭西教官殿。
ふおるたん　（立ち止まって）何か。
水夫三　五稜郭は、どの方向に当りましょう。
ふおるたん　五稜郭か。待ちなさい。（高張提灯の下へ、地図を広げる。）そう、この鷲ノ木港が、北緯四十二度七分、東経百四十度四十二分。目ざす箱館港は、北緯四十一度――暗いな――四十六分、東経百四十度四十四分だ。分かったたか。
水夫　はい。

「ふおるたん」隠しに地図を収めて、大野と共に、左へ去る。

水夫一　（三の肩を敲《たた》いて）おい、貴様、ほんとうに分かったのか。
水夫三　常談いうな、ちんぷんかんぷん、一っ言も分かりゃしない。ははは。
水夫一　ははは。

水夫二、もう一度、高張提灯の傍へ寄ろうとする。が、力尽きて、甲板の雪の上へ昏倒する。

水夫一　（駆け寄って、抱き起す。）おい、どうした。
水夫三　しっかりしろ。眠っちゃ、駄目だ。眠ったら、それ切りだぞ。
水夫一　おい、眼を明いていろ。莫迦、瞑《つぶ》っちゃいかぬ。（激しく揺《ゆす》ぶる。）莫迦、莫迦。
水夫三　仕様がない、ぶん撲れ。人間だと思わねえで、力一杯ぶん撲るのだ。愚図愚図していると、寝た切りになっちまうぞ。
水夫一　おい、起きていろ。眼を明いていろ。（撲りつける。）
水夫四　ちぇっ　此処まで来て、辛抱の足りぬ奴だな。（左に向って）当直士官殿。

右舷当直士官中島英《ふさ》次郎、左から出て来る。

英次郎　（この場の様子を見て、苦々しげに）また病人か。徳川武士も蝦夷地の雪に遭っちゃ脆《もろ》いものだな。日頃の鍛練が足りんからだ。医療室は、もう収容し切れんぞ。担荷を呼べ。

水夫四　はい。（左へ駈け去る。）
英次郎　看護は、一人で沢山だ。ほかの奴等は、掃除を続けい。（水夫一を除いて、病人の傍を離れる。）

幕明きからの「えんじん」の音、次第に緩慢となり、停止する。

英次郎　おお、「えんじん」が留ったな。急げ。

篝が、一しきり、動く。雪、次第に小降りとなる。
「はっち」から、軍艦役並、中島三郎助、甲板へ上って来る。
並みいる水夫の群、箒を捨てて。直立挙手の礼。

水夫一　（二を抱きかかえた儘）おい、眼を明いていろ。瞑ったら最後、命は無いぞ。いいか。いいか。
三郎助　（水夫一に）立て、貴様、上官に礼を拒むのか。
水夫一　はい。（起立。）

水夫二、ぐったりと、雪の中に倒れ伏す。

三郎助　ようし。

水夫一、再び、病人の介抱。
三郎助、舷門に近づく。

三郎助　右舷《みぎげん》当直士官。
英次郎　（進み出る。敬礼。）はい。軍艦組三等見習、中島英次郎。
三郎助　おお、倅か。いよいよ蝦夷地着岸だ。互に無事息災で目出たいな。
英次郎　はい。祝着《しゅうちゃく》至極に存じます。
三郎助　吾が党が、腰抜け侍、勝安房、山岡鐵太郎等の軟論を蹴って、品川沖を脱走致してから、既に三月《みつき》だ。八月、九月、十月——実以て、長い三箇月だったな。天、吾が党の苦衷を憐まぬのか、奥羽列藩の佐幕軍は、鎮圧を加えられるし、脱走海軍も未曾有の颶風《ぐふう》に悩まされて、幾多の僚艦は、散り散りばらばらだ。全く、今日までは血を吐くような思いだったな。
英次郎　父上。
三郎助　分けても、鹿島灘で蒙った災害は、思うだに無念千萬だ。本艦が曳航してまいった三嘉保《みかほ》丸は、莫大なる軍用金、兵器諸共《もろとも》、海底の藻屑と消え去ったのだからな。吾が党は、まだ戦わぬ先に、既に実戦力の大半を——
水夫四　（左から出てくる。）当直士官殿。
英次郎　（振り向く。）

水夫四　唯今、榎本副総裁の御手当中で、医療室では、人手が足りず、誰も参られぬと申します。
英次郎　よし、担荷人が来られぬなら、貴様らの手で運べ。
水夫四　はい。（水夫一と共に、病人を運び去る。暫くして、引き返して来る。）
三郎助　いや、今さら愚痴を申しても、返らん。――（語調を変えて）よいか、かねて手筈の通り、鷲ノ木港入津《にゅうしん》後、本艦大広間に於いて、軍事評定《ひょうじょう》が開かれる。右評定は、機密相談であるからして、評定人は、最上長官に之を限る。回天丸、蟠龍丸の二艦から、大鳥圭介殿、土方歳三殿、永井玄蕃頭殿が参られる。「たらっぷ」の用意をせい。右評定開きの合図は「ほっけらーと」の信号旗掲揚方。評定終って、直ちに右舷艫《みぎげんとも》の四「ぽんど」砲実弾三丸発火。右発火終って、即刻、先峰決死隊の陸揚げを行う。手筈、以上の通りと心得い。
英次郎　はい。
三郎助　ではよいな。（行きかける。）
英次郎　（呼び止めて）父上、念のため、承わり置きますが、陸揚げに先立って、四「ぽんど」砲発火と申しますのは。
三郎助　（微笑して）うむ、それはな、「ばっていら」を卸すと共に、先ず敵方の海辺防備の有無を確めるため、誘いの砲丸を打ちかけ、万が一応戦致す場合は、右舷砲門総火蓋のもとに、陸揚げを決行致すのだ。
英次郎　ほほう。（眼を輝かす。）
三郎助　これはな、仏蘭西甲必丹《かびたん》「ぶりゅーね」君の発議に係るもので、欧羅巴《ヨーロッパ》戦術の常套手段と聞き及んでおる。

英次郎　なるほど。さすが泰西文明国の軍略だけあって、含蓄の深さには傾倒仕ります。

三郎助　うむ、では、手筈を違《たが》えるな。（英次郎の敬礼に答えつつ。「はっち」へ向う。——再び立ち留って）それから申し落したが、本艦右舷艫の「たらっぷ」は、軍艦規約に拠り、上長官以上の昇降に用いるものであるからして、この非常時と雖も、猥《みだ》りに規律を破っては相成らぬ。よいな。（「はっち」へ姿を消す。）

英次郎　（上甲板の中央、後ろ向きに立って）右舷当直番、集まれーい。

水夫等、てんでに箒を始末して欄干の前に整列する。

英次郎　順番、唱えーい。

水夫等　（口々に）——一番——二番——三番——四番——五番——六番……

英次郎　ようし。一番より四番まで、「たらっぷ」を卸す。五番、六番、舷門見張り役、六番舷梯取次ぎ役、申しつける。右両人は、提灯、火入れ。ひらけ。

水夫一、三、隊列を離れて、高張提灯の火入れにかかる。

英次郎　「たらっぷ」卸し方ーあ、——用ー意。（水夫等、列を崩して舷側に寄る。作業の構え。）かかれーい。（舷梯を卸す作業が始まる。）

雪、全く歇《や》む。空のところどころ雲切れがして、次第に明るみを帯びて来る。
「はっち」から、元徳川海軍副総裁榎本釜次郎武揚《たけあき》、同じく軍艦奉行荒井郁之助、医師高松凌雲の三人、談笑し乍ら、昇って来る。榎本は、仏蘭西「なぽれおん」三世のの制定した「ろいとなんと・あどみらる」の軍服。但し、「だぶる」釦の外套の上に、紫縮緬《ちりめん》の帯を締め、日本刀をたばさんでいる。濃い眉と鼻下の美髯《びぜん》。荒井も同じく、海軍征服の上に、白木綿の帯を結び、佩刀。高松は、丸腰。

荒井　医療室で、大分、御手間が取れましたな。
榎本　うむ、埒もない話さ。わっははは。（豪快を装った、神経質な笑い。）おお、一めんの銀世界だな。生木の薪をぽんぽん焚いておる船室から出て参ると、寒風頬を撫でて心気とみに爽やかだ。大鳥圭介ならば、七言絶句の一つも浮かぶところだがな。
高松　今、副総裁の御首筋から背《せな》へかけて、入念に「まっさあじ」を施しておったのだ。
荒井　そうか。
榎本　高松君の見立てによるとな。吾輩は、激しい神経病のために、不眠の病いに冒されていると言うのだが、いや、武士にあるまじき痴《たわ》けた病気に取り憑《つ》かれたものだよ。わっははは。――ところが、この藪医者は何と言おうと、吾輩は現にかくの通り壮健だからな。わっははは。

高松　しかし副総裁、例え自覚徴候がおありにならんでも、連夜あの通りに——

榎本　（作業をしている水夫等に）おお、その儘でよい。銘々も御苦労だ。（高松に）おれが夜寝られんのはな、秘策を練っておるからだ。神経病のせいではないぞ。（荒井に）軍艦奉行、大ぶ入津が遅れたようだな。

荒井　はい。「えきせんてれーき」の故障で、思いのほかに、船脚が鈍りました。（懐中時圭を出して）今丁度、西洋時間、午前第三字三十六分有余です。

仏蘭西教官「ふおるたん」、砲兵二人を従えて、左手から出る。

ふおるたん　おお、榎本提督。

榎本　「ふおるたん」君。何時も乍ら、仏蘭西軍事教導団の諸君の御出精振りには、榎本、心服の外はありません。

ふおるたん　恐縮です。（握手。砲兵等に）君等は、直ぐ四「ぽんど」砲の手入れにかかれ。舳《へさき》の八「ぽんど」砲と同様にな、凍りついた箇所々々を蝋燭の火で暖めるのだ。

砲兵二人、「ぷーぷ」へ上って行く。砲兵一は、長い洗掃杖を持っている。直ぐ、大砲の周りに寄って、手入れにかかる。

榎　本　「ふおるたん」君、いよいよ窮兵を提げて窮地に入ったわけです。――御承知の通り、薩長藩賊の江戸総督府は、吾が脱走艦隊を目して、海賊「ぱいれーと」と呼び、有ろうことか列国環視の唯中で、国事犯罪人「れべっりょん」の汚名を着せました。

高　松　副総裁、たった今、御約束下すったではありませんか。その様に、精神を激発されては、お体に障ります。

榎　本　えい、これが黙っておられるか。――「ふおるたん」君、仏蘭西軍事教導団の諸君が、列国局外中立の宣言の裏から、ひそかに本国を脱籍して、吾が党に加盟せられ、今、北海の果までも生死を俱にせられた御仁俠に対しては、吾が党三千人の衆になり代って、榎本、篤く御礼を申し述べます。

ふおるたん　何を言われるのです。吾々は、ただ吾が光輝ある「なぽれおん」三世皇帝の御指図のままに、日本北軍を援助致すまでです。

荒　井　いや、諸君の発揚せられた仏蘭西武士道精神は、なかなか以て、泰平に馴れた徳川武士の企て及ばぬところです。

舷側の作業終る。

英次郎　右舷当直番、集まれーい。続いて、信号旗掲揚方。右向けーえ、右っ。前へー進めーっ。

水夫等、左手へ去る。水夫一（舷門見張り役）水夫三（舷梯取次ぎ役）の二人、甲板に残る。

榎　本　「ふおるたん」君、吾が党が、薩長藩賊の流布致した謡言浮説によって、恰も殺伐野蛮な主戦激党であるかの如く見られておるのは、寔《まこと》に心外に耐えません。吾が党の趣意は、仏蘭西大帝国の資本金を動かして、この松前から「さがれん」島へかけての天然無尽蔵の富を切り拓き、土地住民の福利を増進致さしめたい存念に外ならぬのです。しかも、かの薩長賊が、現在施行致しておるような放縦粗漏《ほうしょうそろう》の開拓作法を以てしては、決してこの一大開化事業は成就せられぬのです。吾が党が、徳川血胤《けついん》の御一人を迎立し、三百年の扶持米に離れた三河武士を糾合致して、平和静謐の裡に、皇国北門の開発に志し、その允許《いんきょ》を願い出たにも拘らず、薩長政府は猥《みだ》りに私《わたくし》の意趣を以て之を押し阻みました。吾が党の嘆願書は、土百姓が上訴をしたほどの御取扱いをさえ受けられなかったのです。

ふおるたん　そうです。かの薩長日本南軍こそ、——いや、彼らの蔭で糸を操《あやつ》るものこそ、正《まさ》しく文明の害敵に相違ありません。

榎　本　いかにも、いかにも御同感に耐えません。しかのみならず——

高　松　副総裁、御忠言申し上げたいのだが、閣下の御病勢は、思いの外に昂進致しておるのですぞ。今そのように激しく精神を労せられては——

榎　本　又言うか。そう一々、人を病人扱いに致すな。よしんば、榎本があすをも知れぬ重態にせよ、ただ安閑と船室に閉じ籠っていては、一生浮沈のこの難関が、どうして切り抜けられるのだ。蝦夷地陸揚げに失策致したならば、榎本釜次郎、満天下の物笑いだぞ。
高　松　しかし、副総裁――
荒　井　（遮って）高松君、君も悪いぞ。副総裁のご病状を気遣うのはよいが、君のそういう進言振りは、却って御精神を掻き乱すばかりだ。さあ、医療室に退がって、病養人の手当でも致すがよい。それとも、何だ、そら、泰西先進国の赤十字社の制度を真似るとか言う、箱館病院占領後の施設方針でも立案していてはどうか。
高　松　いや、吾輩は誰が何といっても、閣下の御身辺は離れぬ。

「ぷーぷ」の上から――

砲兵一　仏蘭西教官殿。
ふおるたん　何か。
砲兵一　旋回「はんどる」の氷結が、なかなか解けませぬ。御指図を仰ぎたいと存じます。
ふおるたん　よろしい。榎本提督、失礼仕ります。

「ぷーぷ」へ上って行く。

高　松　荒井君、今若し閣下のお体に障害が起ったら、吾が党の行末は、どうなると思う。それのみか、泰西赤十字社病院の制度を日本に移した先覚者として、名を後世に止めたいと思う吾輩畢生《ひっせい》の念願まで、画餅に帰してしまうではないか。殊に、吾輩の保持する極端進歩の説は、党内の頑迷固陋な極端保持の輩《やから》からは、蛇蝎《だかつ》のように忌み嫌われておる。折もあらば、赤十字社の立案を覆《くつがえ》そうと、暗々の盟約もあるかに聞いておる。今この場合、病養人の一人や二人、凍え死んだとて——いや、病養人の介抱よりも、閣下の御体の方が、幾層倍、大切であるか分からぬ。

榎本　高松君、君は、軍艦附医師取締と致して、吾が党当時の実況を何と観るか。長《なが》の航海と兵糧の払底と、加うるにこの凛烈な寒気とによって、吾が党の士卒は、現在人数の四割一分《よつわりひとぶん》が、船底の「べっと」に呻吟致しておるではないか。この非常時に味方一人《いちにん》を失う事は、平時に百人を失うよりも痛恨に耐えぬ。病人のためではない、吾輩のためだ、行って看病せい。

高松　はい。

榎本　行かぬか。

高松　はい。（渋々、「はっち」へ去る。）

「ぷーぷ」の四「ぽんど」砲、重い「れーる」の響きを立て乍ら、回転する。

ふおるたん　ようし、其処《そこ》で留めたっ。

砲兵一、洗掃杖を取って、腔中——砲身の内部——の掃除にかかる。

左手から、中島三郎助、漁師寅蔵、多九郎を従えて出て来る。

三郎助　軍艦奉行殿。御呼び出しの漁師を召し連れました。
荒　井　よし。（漁師達に）これへ来い。
漁師達　へい。（甲板に蹲《うずく》まる。）
三郎助　寅蔵に多九郎とか申したな。唯今、お訊ねに相成る事はな、軍略上極めて肝腎なる御取調べだ。知らぬ事や不分明な事は、はっきりと有態《ありてい》に申し上げい。
多九郎　へい。御役に立つ事だら、何でもお答え申すべえ。
寅　蔵　んだども。おら衆が仙台領の気仙之間《けせぬま》で海賊船さ虜《とりこ》になって、江戸送りの塩鮭を抑えられ、すんでの事に命まで危ねえとこをお助け呉んされた御恩は、死ぬまで忘れるこんでねえすて。
榎　本　わっはははは。吾が党は海賊船を打ち懲らしめて、貴様らの危難を救ってやったのだ。それをどうだ、薩長の成上り官員は、欧羅巴米利堅《めりけん》の外交団体に向って、吾が党を海賊呼ばわり致したのだぞ。こんな理に合わぬ話があるか。わっははは。
荒　井　其方等の郷里は、この辺りと聞いておったが、左様か。
寅　蔵　へい。（欄干の向うを指して）あしこさ、裾を長くひっぱった、一段と高けえ禿山が見えますべ。あれは、駒ヶ獄つうて、火を噴く山でがす。おらがの村は、あの山の向うさ当りますだ。
荒　井　ふむ。では、この辺《あた》りの地理には明るい訳だな。実はな、箱館攻略の用兵上、この内浦の浜へ陸揚げ致すのが、最も当策と心得るが、しかし、吾が党が仙台領から蝦夷地へ放った探索方の取

調べによるとな、何かこの浜一帯に漁師共が徒党を組んで、穏やかならぬ事を企みおると言うでは
ないか。

多九郎　へい。

荒　井　其の実相を確めたいのだ。何が争いのもとだな。

三郎助　さあ、はっきりと言上致せ。

寅　蔵　へい。事の起りは、五稜郭の御役所の依估《えこ》の沙汰でがす。

多九郎　寅、滅多な事を言うでねえど。

寅　蔵　黙ってれや。お耳さ入れねばなんねえこんだ。この蝦夷ヶ島の漁場《ぎょば》では、冬鰊の季節《しゅん》に大網を使うこたあ、鰊の通い路《じ》を断つつうて、おらがの爺《じっ》この代からのきついご停止でがすだ。だども、箱館の問屋衆は、いつの代《よ》にも番所の御役人衆と馴れ合いで、でっけえ図合《ずあい》船や三半《さんぱ》船を漕ぎ出しちゃ、やたらと御法度の大網をぶっ込むだで、ちんこいほっつ船で乗り廻す地許《じもと》の漁師は、待ちに待った鰊が群来《くき》ても、ええとこそっくり問屋の持船さかっ攫《さら》われて、その日の暮らしが立ち兼ねるだ。

荒　井　ふん、それで——

寅　蔵　取り分け、御一新この方の五稜郭の御役所は、徳川様の御奉行所と違って、えらく御内証が苦しいと見え、問屋衆から金を借り出す算段に、何かにつけて依估ひいきの御政道が目に立ちますだ。この春の昆布刈り時にも、浜のもんは、身を切られるような思いをしたで、この冬こそは問屋の大網を差し留めべえちって、前から騒ぎ立っておりますだ。

榎　本　ふむ、して見ると、五稜郭府庁に対する一般庶民の気受けは、殊の外に悪いのだな。
寅　蔵　へい、えぐねえだす。
榎　本　では、若し仮りにだな、蝦夷ヶ島の御政道を公方様の御代に返すことが出来るとしたら、どうだ。その方達は、嬉しいか、悲しいか。
寅　蔵　どっちゃもどっちゃだすべ。浜のもんが怨みの的の、昆布や鰊の一手買いは、公方様の代《よ》に始まったこんだでなあ。
多九郎　寅、おめえ、言葉が過ぎるど。
榎　本　ふうむ、そうか。（考える。）

「ぷーぷ」では――

砲兵一　仏蘭西教官殿、大砲の手入が終りました。
ふおるたん　ふん、諸君は、仏蘭西砲兵のおよそ十層倍の時間を費したぞ。
砲兵達　はい。
ふおるたん　では、「がっとりんぐ・がん」の手入に移る。ついて来い。
砲兵達　はい。
ふおるたん　（「ぷーぷ」を降りて）軍艦奉行、右舷砲盡く手配が整いました。いつ何時でも御指図を仰ぎます。

荒　井　いや、御苦労でした。

「ふおるたん」、砲兵と共に、左手へ去る。

榎　本　ふむ、ではその漁師達の頭《かしら》に立って、一味徒党の指図を致す者があろう。何者だな、それは。
寅　蔵　へい、平山金十郎。
榎　本　平山金十郎様ちう御武家でがす。
榎　本　平山金十郎。何か聞き覚えのある名だな。
三郎助　副総裁、その人物なれば、確かこの夏、清水谷府知事を奪って、五稜郭政庁を乗っ取ろうと致した――
榎　本　ふむ、それだ。

舷門から――

水夫一　当直士官殿。

中島英次郎、左から駈け出る。

英次郎　何か。

水夫一　蟠龍丸の「ばっていら」が参ります。
英次郎　舩梯取次ぎ役、参れ。
水　夫　はい。（「たらっぷ」を駈け下り、直ぐ駈け上がって来る。）当直士官殿、軍事評定御列席のため、蟠龍丸より、元営中若年寄永井玄蕃頭《げんばのかみ》殿の御来艦であります。
英次郎　よし、お迎え申せ。

水夫三、再び「たらっぷ」を駈け下りる。

榎　本　中島君、なお問い質したい事があるから、この漁師らを控え室に待たせて置け。
三郎助　はい。参れ。（漁師を連れて、「はっち」へ去る。）

水夫三、永井玄蕃を案内して、舩門へ上って来る。

英次郎　お通り下さい。
永　井　御免。（甲板に入る。）
榎　本　永井君、先刻よりお待ち申した。
永　井　態《わざ》との御出迎え、痛み入ります。榎本氏、見られい。土産物を持参致した。これなる一品を、何と思召《おぼしめ》す。

榎本　ほう、察するところ、仏蘭西国到来の三鞭酒《シャンペンしゅ》か。

永井　流石は荷蘭《オランダ》帰り、さそくの御推断は、恐入った。いよいよ陸揚げも目前、江戸表より携え参った行李の底に、あたら異国の名酒を打ち棄て置くも無益《むやく》の沙汰と存ずるのでな、寒さ凌ぎに今日の評定人衆に御振舞申そう。

荒井　それは千万辱《かたじ》けない。前祝いの乾杯と申すのだな。

永井　但し、この西洋酒、身にとって、余り縁起の好い品ではない。当春《とうはる》、将軍家二条城御滞留の砌《みぎり》、身と松平閣老を御白書院《おしら》にお招ぎあって、始めて政事《まつりごと》返上の御内意を承わった折にも、この三鞭酒の御饗応にあずった。申さば不吉の酒だが、身も此の度の従軍より、玄蕃頭などと申す古めいた名を、ただ玄蕃とのみ呼び改め、口馴れた殿中言葉も津軽南部の海に捨てて、ひたすら開化の世に立ち遅れまいと致す存念、時勢外れの御幣を担いでは衆人の物笑いともなろう。別して、この一品、仏蘭西伝習教官の面々には、故郷忘《ぼう》じ難い思いもあろうかと存じてな。

榎本　さすが営中で鍛われた経綸家は、おのずと御眼のつけどころが違うな。仏蘭西教官の懐郷心につけ入って、搦手《からめて》からの追い落しか。わっははは。

永井　いや、榎本氏、其許《そこ》にせよ大鳥氏にせよ、日頃洋学蘭書に親しみ西洋文物の咀嚼に心を砕かるる方々は、自然何かにつけ、異国人の言葉に同《どう》じ易い。が、身は始めて外国奉行の御役目仰せつけられてより、外事交渉談判の矢面に立つこと、やがて十年。今日の評定についても、些か取越苦労をしておろうも知れぬが、たとえば、先年、御幕府製鉄所設立の折などにも、若し地形の許すところならば隅田の川上、向島の辺りにも設置致したき吾等の意嚮《いこう》を斥け、横浜開港場の外《そと》、横須賀の地を仏蘭西方に於いて選定したるは、万一、他日、事ある時は、直ちに取って之を江戸攻めの足溜りにも致し兼ねまじき下心と覚えます。また軍艦製造の儀を仏蘭西国に相諮《はか》りたる、甲鉄軍艦の如きは御幕府にとって時機尚早と難じ、木製巡邏艦の建造を口を極めて推唱致したるも——

水夫一　当直士官殿、回天丸の「ばっていら」が参ります。

英次郎　舷梯取次ぎ役、参れ。（水夫三、「たらっぷ」を駈け下りる。）

榎　本　永井君、何かの御話は、大広間で承わろう。

水夫三　（駈け上って来る。）当直士官殿、軍事評定御列席のため、回天丸より、元陸軍歩兵奉行大鳥圭介殿の御来艦であります。

英次郎　お迎え申せ。

水夫三、再び「たらっぷ」を上下。

大　鳥　（舷門に現われる。）痛烈な寒さだな。

英次郎　お通り下さい。

荒　井　大鳥君、御苦労だ。

大　鳥　お出迎え恐縮。どうだ、榎本、貴公の病態は。

榎　本　いや、格別の事はない。だが、大鳥君、君一人か。

大　鳥　うむ、土方歳三の不羈磊落《ふきらいらく》と申そうか、放縦無節度には、さすがの乃公《おれ》も、手を焼いたぞ。

あの男、宮古鍬ヶ崎の民家から徴発して参ったどぶろくに食らい酔って、雷《らい》のような高鼾だ。軍議に参れと言って根気よく揺り起したが、石仏《いしぼとけ》を転がしたように、いっかな眼をさましおらぬ。拠《よんどこ》ろなく置いて参った。

荒　井　手に負えん代物だな。

榎　本　まあ、よい。匆忙《そうぼう》の際だ。土方を欠員と致して、直様《すぐさま》、評定に移ろう。さだめし今日の軍議は、仏蘭西教官を挿《さしはさ》んで、激論を醸《かも》すことであろうが、吾輩の所念は、かねて披瀝致した通りだ。さあ、諸君、大広間へ参ろう。

榎本を始め、永井、大鳥、荒井、「はっち」へ去る。
月光が、ほのかに甲板を照らし始める。
何者か、「ぷーぷ」の欄干に綱をかけ、攀じ昇って来る。

水夫一　当直士官殿、右舷艫《とも》に、人影が現われました。

英次郎　（きっと見て）よし。（鯉口を寛《ひろ》げ、一足とびに「ぷーぷ」へ駆け上る。）何奴だ。待て。

覆面の武士は、いきなり、白刃を抜く。

武　士　妨げ致すな。叩き斬るぞ。

英次郎　卑怯者、名を名乗れ。
武　士　よし、露見の上は、逃げも隠れもせぬ。榎本閣下に至急直談《じきだん》致したい儀があって、蟠龍丸同船、浦賀脱走同心隊、中島恒太郎、単身罷り越した。
英次郎　おお、兄上か。
恒太郎　英次郎か。よい処で会ったな。兄が一生の願いだ。将官室へ案内せい。
英次郎　ふうん、日頃沈着の兄上らしくもない。血相変えて、何とせられたのだ。
恒太郎　英次郎、無念だ。おれは、先鋒決死隊の人選に洩れたのだ。蝦夷地乗っ取りの一番槍は、恒太郎、必ず人に譲りませぬと、浦賀出立の砌《みぎり》、母上に固く誓って参ったのだ。英次郎、お前は母上の御胸中を察したことがあるか。母上はな、毎日手慣れぬ賃仕事に精根を疲らせ乍ら、ただこの兄の功名を楽しみにしておられるのだぞ。おれは、将官室へ駆け込み訴訟を致す。榎本閣下に面談して、是が非でも決死隊の人数に加わる覚悟だ。
英次郎　兄上、声が高い。ひそかに。
恒太郎　いいや、構わぬ。たとえ軍律を擾《みだ》した廉《かど》によって、斬罪に遭おうとも切腹仰せつけられようとも、手を拱《こまね》いて、のめのめと陸揚げ隊の進発を傍観致してはおられぬ。肉親の誼《よし》みだ。通せ。
英次郎　兄上、其の儀ならば、英次郎とて、また父上とて同じ思いだ。だが、血気に逸《はや》って、可惜《あたら》犬死を致すことが、武士の面目でも本懐でもあるまい。
恒太郎　英次郎、論議は無益《むやく》だ。おれを見逃がしては、貴様の役目が立たぬとあれば、やむを得ぬ、斬って参れ。不悯乍ら、貴様の一命は、この兄が申し受くるぞ。（身構える。）

英次郎　そうか、それほどまでの覚悟なら、諄《くど》うは留めぬ。但し、今は軍事評定のまっ最中だ。今、その席上を騒がしては、許される願いの筋も通らぬ。兄上の身柄は、この英次郎が一身に代えてかくまうから、軍議の終結致すまで待っておられい。
恒太郎　待って、何と致す。
英次郎　その折には、兄上一人に先発はさせぬ。英次郎も共々に願い出て、二人鋒先《きっさき》を揃えて蝦夷地先陣の功を争おう。
恒太郎　そうか、よくぞ申した。

「はっち」から、異国人らしい笑いごえ。

英次郎　おお、人が来るぞ。兄上、見咎められぬうちに、さあ参ろう。（兄弟、急ぎ足に「ぷーぷ」を降りる。――舷門の二人に）貴様ら、決して他言致すな。
水夫一、三　はい。
英次郎　洩らしたが最後、命はないぞ。よいか。

兄弟、左へ急ぎ去る。
月光、いよいよ冴える。
仏蘭西軍事教官「かぴたん・ぶりゅーね」、「かずぬーぶ」の二人、「はっち」から甲板へ出てくる。

かずぬーぶ　鼠。鼠を食ったのですか、榎本総督が。
ぶりゅーね　そうだよ、「かずぬーぶ」君。汝も敵の片割れなりと言って、生きた鼠を食い殺したのだ。
かずぬーぶ　本当ですか、「かぴたん・ぶりゅーね」。日本の侍は、腹切りの外にも、そんな野蛮な隠し芸をやるのですか。
ぶりゅーね　いや、未開野蛮という事にかけては、或いは南京人以上かも知れん。
かずぬーぶ　尤も私は、「くりみや」戦争に出征した時、「せばすとぽーる」で或る種の肉を煮て食った事があります。しかし、さすが千軍萬馬の「かずぬーぶ」も、まだ「ぺすと」菌を恐れぬほどの修行は積みませんな。はははは。

二人、「ぷーぷ」へ昇って行く。

かずぬーぶ　しかし、一体、何時の事ですか、榎本提督が、猫に早変りをしたというのは。
ぶりゅーね　それはな、例の伏見淀の事変の直後だ。薩摩の軍艦「春日丸」は、既に兵庫港を脱出して、一時間八「のっと」の快速力で——ふふん、あまり、快速力でもないがね——鳴門海峡から土佐沖に遁走しておる。榎本は、この開陽丸で追撃をもくろみ、その許可を得るために、三時間に亙って、時の軍艦奉行に膝詰談判をした。昂奮の余り、軍帽は引き千切る、海軍服の袖はずたずたに裂き破る。いや、大狂乱を演じたそうだ。
かずぬーぶ　ふふん、立派な精神発作ですな。
ぶりゅーね　とうとう、軍艦奉行を言い負かして艦を出したが、春日丸へは弾丸二発を打ち込んだばかりで、長蛇を逸した。しかし、一緒に兵庫を抜け出した船脚の鈍《のろ》い運送船は、所詮及ばぬと思ったか、吾が手で船を撃沈してしまった。その「ますと」に、たった一匹、生き残った鼠だ。そいつを生捕って──
かずぬーぶ　食ったのですか。ぺっ、ぺっ。（唾を吐く。）恐るべき執念ですな。
ぶりゅーね　そうだよ、「かずぬーぶ」君。吾輩は、榎本のその執念深さを見込んでいる。だから、今度もやるところまでは、きっとやるぞ。何あに、あの剛情我慢な気違い侍め、容易な事で、薩摩方に頭を下げるものか。
かずぬーぶ　ははは。仏蘭西語が、日本の言葉でなくて、仕合わせだ。御覧なさい、舷門に番兵が二人立っております。まさかに榎本を気違い侍などと言っていようとは、あの連中、夢にも思わぬでしょう。──おお、「ふおるたん」君だ。

「ふおるたん」、左から出て来る。

ふおるたん　「かぴたん・ぶりゅーね」。会議の進行具合は如何ですか。（「ぷーぷ」へ昇る。）
ぶりゅーね　ふむ、およそ、吾が軍事教導団の見込通りに行くらしい。今、榎本の手許に、吾々の提案を示した跡、十分間の退席を乞われて、出て来たところだ。

ふぉるたん　そうですか。

かずぬーぶ　評定人衆は、吾々の議案を前にして、よほど気が顚倒しておるようだ。今頃は、血眼になって、論議しているだろう。

ふぉるたん　しかし、たとえ榎本提督が——いや、榎本は、荷蘭帰りの新知識だから、まだしもとして、歴代将軍家への忠義一図に凝り固まった彰義隊、新選組などの野蛮人が、果して吾々の教える共和民権政治の真意を解して、今の五稜郭府庁よりもさらに一段と巧みな開化政策を掲げて、蝦夷地一帯の人心を摑むことが出来るでしょうか。

ぶりゅーね　出来るとも。そのためにこそ、吾々軍事教導団が、砲火の下を潜《くぐ》り乍ら、脱走陸海軍を指揮しているじゃないか。

ふぉるたん　それにしても、もう万事手遅れのような気が致します。最前から、私は、本艦の大砲方を指図して、これが徳川海軍の精鋭かと思うと、殆ど前途に望みが懸けられなくなったのです。「かぴたん・ぶりゅーね」、私は、吾々の「れおん・ろっしゅ」公使が、鳥羽伏見から逃げ帰った徳川「たいくん」に再度の旗挙を勧告して、ついに説き伏せることの出来なかった日を、運命の分れ目だと思っています。吾が仏蘭西は、東洋最後の植民地に於いて、又しても機先を制せられたのです。英吉利の尻押しをする薩長軍の「あーむ・すとろんぐ」砲が、会津の若松城を陥れ、更に仙台を屈服せしめた今日となっては、何処に吾々の勝利を——

かずぬーぶ　「ふぉるたん」君、この期《ご》に及んで何を言うのだ。

ぶりゅーね　いいか、吾々は飽くまでもこの内乱を機会に、鴉片《あへん》戦争以来の奴らの機敏な行動を、最後の一線で食い留めなくっちゃならんのじゃないか。

ふおるたん　「かぴたん・ぶりゅーね」、あなたは、吾が仏蘭西が合衆国の南北戦争を幸いに、「めきしこ」の内乱に喙《くちばし》を容れて、見事、「もんろー」主義の一喝に会って引き退がったことをご存知でしょう。

ぶりゅーね　だからだ、だからこそ新大陸で失ったものを、今ここで取り返さなくちゃならんのだ。吾々が、こうして北海の荒浪に揉まれている時に、英吉利公使「ぱあくす」が、吾が事なれりとほくそ笑んでいるかと思うと、吾が輩は残念でたまらん。君は、それが口惜しくはないのか。

ふおるたん　「かぴたん・ぶりゅーね」、私は軍人として、こういう質問を発することを、恥辱だとは思います。しかし、榎本軍の現在の力を思うと、これを訊かずにおられんのです。教えて下さい。

ぶりゅーね　何だ、改まって。

ふおるたん　万一です。

ぶりゅーね　ふむ、万一――

ふおるたん　万一、榎本軍が完全なる敗北を遂げた時に、吾々はどうなるのです。

かずぬーぶ　どうなるとは。

ふおるたん　運命を倶にするのですか。

ぶりゅーね　ははは、莫迦な。愈〻見込の立たない時は、吾々は何時なん時でも、安全地帯へ退却する。

ふおるたん　出来ますか、それが。
ぶりゅーね　出来るとも。江戸在住の公使から、箱館「こんしゅる」宛に、秘密命令が届いている。いざとなれば、仏蘭西甲鉄艦「えにいす」号が、何時でも吾々を迎えてくれるよ。
ふおるたん　そうですか、それを聞いて、安心しました。
かずぬーぶ　ははは、君も莫迦正直な男だな。

「はっち」から、榎本武揚ただ一人、帽子も被らず、精神錯乱の態で、甲板へ上って来る。茫然と佇む。

ぶりゅーね　蝦夷ヶ島は、台湾島に優るとも劣らない宝の島だ。希望を持たんくっちゃいかんよ、「ふおるたん」君。いいか、五稜郭占領、新政府樹立、そして遠からず極東の一角に、吾が——
かずぬーぶ　（上甲板を透《すか》し見て）誰だ、そこにいるのは。
榎　本　榎本です。
ぶりゅーね　おお、榎本提督、お約束の十分間は、もう過ぎたように思われるが、軍事評定はどうなりましたか。
榎　本　殆んど収拾がつかん有様です。「かぴたん。ぶりゅーね」、今日提示せられた仏蘭西教導団の議案については、五稜郭占領の時まで、回答をお待ち下さらんか。日頃の御好誼に甘えて、榎本特にお願い申したい。

ぶりゅーね　いや、今日、議題に上っていることは、吾軍の陸揚げから五稜郭進撃の途《みち》すがら、沿道の人民に布告して、彼等の援助を求めるための、極めて重大な戦術の大本です。断じて、吾々の主張を枉《ま》げる事は出来ません。（「ぷーぷ」を降りて来る。）では、改めて、提督に伺おう。提督、一体、あなたは、薩長の新政府が、何故これほどまでに、天下の人心を摑んだか、ご理解が行きますか。

榎　本　武力が優れておったからでしょう。泰平文弱の世に馴れて、家重代の刀剣甲冑までも質草に置いた徳川譜代の武士が、俄かの事変に早腰《はやごし》を抜かして、醜名を一世に晒したのに引き換え、薩長の田舎侍は、英吉利伝習の見事な調練と精鋭の武器とを以て、敵ながら、実に堂々と戦い勝ったからでしょう。

ぶりゅーね　それだけですか。

榎　本　さあ、そのほかには――うむ、京大阪の高利貸を味方につけて、積年疲弊した幕府方の及びもつかぬ莫大な資金を動かし、新政府を営んだからでしょう。

ぶりゅーね　では、日本西方の大金持は、なぜ薩長南軍の味方についたのですか。

榎　本　きゃつ等が、抜き身で脅したからでしょう。

かずぬーぶ　（「ぷーぷ」の上で、「ふおるたん」と何か話していたが――）はははは、平生の明断にも似ず、提督は大ぶ頭脳が混濁しておられるな。

ぶりゅーね　榎本提督、それは薩長の新政府が、文明開化を標榜して国力の合一を計り、内外の交易を盛んにして、三井を始め西方の大金持の懐ろを、彌《いや》が上にも肥え太らすように仕向けたからです。蝦夷地に於いても五稜郭の府知事は、実に巧みに箱館問屋仲間の意を迎えて、彼等に一攫千金の好餌を与え、その代償として、金穀御用を仰せつけているのです。
榎　本　ふむ。（考える。）
ぶりゅーね　が、一般下層の人民は、どうでしょう。徳川三百年の悪政に苦しみ抜いた民百姓は、旧幕府とは全然反対の開化政治を叫んで立った薩長土肥の新勢力が、幾分なりともおのれ等の塗炭の苦しみを救ってくれるだろうという幻《まぼろし》を抱いて、其の正体をも見極めずに、一時は喜び迎えたのです。が、この新政治によって幸いを得るものは、何人であり何人でないか。蝦夷地の百姓漁師は早くもここに気づいておりますぞ。
榎　本　ふむ、それで。
ぶりゅーね　五稜郭府庁取建ての跡、一ヶ月を経ずして、小樽内の昆布場に先ず反逆の手が上ったのです。次いで八月には、箱館府知事を道に要撃する不逞のやからが現われ、今またこの内浦の一帯は、どういう雲行きを見せておりますか。
榎　本　なるほど。
ぶりゅーね　吾輩は、日本北軍のために、確信を以て、五稜郭を占領して御目にかける。が、その後の内治外交を、徳川旧幕府の慣例に倣《なら》って円滑に行い得るという確信は持てません。それは、薩長方が宣布した、曲りなりにも進歩開明の政治を、もう一度封建虐政の泥水の中に引き戻すこととしか、一般庶民には考えられぬでしょう。
榎　本　いや、榎本が徳川御連枝《ごれんし》の一人を迎えるのは、決して蝦夷地百般の制度を幕府の昔に返すためではありませぬ。無益の戦争をさけたいからです。なあに、蝦夷地開発の腕比べならば、間違っても薩長方に後れは取りませぬ。榎本は、外国仕込の山野切り拓きの作法を心得ておりますからな。
ぶりゅーね　そこが、提督の御考えの至らぬところだ。今、三百年の虐政の総勘定をつけろと迫っている民百姓の反逆心を、何としてでも押しなだめなければ、富源の開発などは思いも寄りませぬ。
榎　本　では、この榎本に、何をしろと言われるのですか。
ぶりゅーね　だからこそ、吾々の提案をお容れなさい。今、下層の人民共が、薩長の新政治頼むべからずと悟った矢先につけ入って、その開化政治のもう一段上を行くのです。一切平等を装った共和民権政治の宣布――これを措いて、一般庶民に新しい幻を植えつけ、下々の不平不満を眠らせる餌《えさ》が、何処にありますか。
榎　本　餌とは。
ぶりゅーね　餌とは、偽物の政策です。瞞着手段です。
榎　本　では、諸君の申し条は、この榎本に上下身分の差別を取り除いた、一列一帯の政治を敷けというのではないのですか。
ぶりゅーね　無論。
かずぬーぶ　（「ぷーぷ」を下りて来る。）榎本提督、「かぴたん・ぶりゅーね」は決して一箇の軍人ではありません。彼の政治的手腕は、充分信を置くに足るものです。
ぶりゅーね　何処まで巧妙に人民を瞞着するか、これが太古以来の政治の要諦《ようたい》秘訣です。五稜郭方と榎本軍と、どっちが人民の瞞《だま》しくらに勝つか、これが、勝負の分かれ目です。
榎　本　なるほど、人民操縦術の奥義《おうぎ》とは、こういうものをさして言うのでしょう。しかし、先年海外に遊学して、万国公法にも自由民権の説にも一通り通暁した先覚者と自惚《うぬぼ》れておる榎本にしてからが、まだ充分な会得が参りません。して見れば、党内の頑迷固陋の輩《やから》が、果してこういう斬新の説に対して――

ぶりゅーね　（かぶせて）もし、この主張が容れられなければ、榎本提督、吾々は日本北軍に対して、武器弾薬の提供を拒みます。

榎　本　えっ。

ぶりゅーね　さあ、提督、評議の席へ返って、最後の御返答を承わりましょう。（「かずぬーぶ」と榎本を促して、「はっち」へ去る。）

「ふおるたん」口笛を吹き乍ら「ぷーぷ」を歩きまわる。

間。月光。

ふおるたん　ふう、寒いな。（歩き回る。）

大野弁之助、砲兵二人に弾薬箱を運ばせ乍ら、左手から出て来る。「ぷーぷ」へ上る。

大　野　仏蘭西教官殿。

ふおるたん　何か。

大　野　火薬庫から弾薬を運搬仕りました。御承知の通り、吾が党が江戸表より積載致した仏蘭西火薬は、一丸も剰《あま》さず海に沈みました。これは、某《それがし》が仙台逗留中、わずかの煙硝鉄片を掻き集め——

ふおるたん　いや、分かっておる。

大　野　御吟味を願います。

ふおるたん　よろしい。

中島英次郎、左手から出て来る。上甲板の中央に立って——

英次郎　右舷当直番、集まれーい。

水夫の群、ばらばらと駈け出て、整列する。

英次郎　順番、唱えーい。

水夫等　一番——二番——三番——四番……

英次郎　ようし。総員、「ばっていら」を卸す。「ばっていら」卸し方ーあ、用ー意。かかれーい。「ろっぷ」緩《ゆる》め方ーあ。（号令の間に、「ばっていら」の巨大な姿は、水夫らの作業につれて、舷側の向うに消える。）

中島三郎助、数名の決死隊士を引率して左から出て来る。

三郎助　組々、右っ。総勢、止まれーっ。左向けーい、左っ。其儘、聞いておれ。吾が脱走陸海軍惣人員三千有余名の内から、先鋒決死隊の人数に選ばれた者は、僅か百名に過ぎん。殊に、本艦の「ばってぃら」は一番乗りであるからして、貴様らは、この御抜擢を無上の面目と心得んけりゃならん。よいか、この上無き御知遇に酬《むく》ゆる道は、一命を鴻毛《こうもう》より軽んじ、血潮を以て鷲ノ木の岸頭を染めなすことだ。やがて、榎本副総裁閣下の御訓戒がある筈だから、銘々、静粛に控えておれ。休息。（決死隊士、休めの姿勢。）

英次郎　（作業を終えた水夫らに）ようし、開け。（水夫ら、解散。進み出て）父上、お耳を。（囁く。）

三郎助　何。恒太郎が。

英次郎　叱っ。

三郎助　やむを得ん。よき折を見計って、父も共々に願い出よう。

「はっち」から、榎本、荒井、大鳥の三人、上がって来る。「ぷーぷ」へ登る。

三郎助　気をつけーい。敬礼。（決死隊士、挙手の礼。）

榎　本　（「ぷーぷ」の上から）諸君、諸君の首途に臨んで、不肖榎本、決別の辞を贈りたい。先年、吾輩、荷蘭国逗留中、伝聞致した話に、今の仏蘭西皇帝「なぽれおん」三代目の叔父君に当らせられる初代大「なぽれおん」と申された人傑は、字引の中から「為し能わず」という文字を取り除こうとせられたそうなが、これはまことに一代の名見達識と心得る。今、吾が党は、薩長土肥に死活を制せられ、果して北海の果てに同志三千膝を容るるの地を求め得られるか、遽《にわ》かに予測致し難い窮境にあるが、かの仏蘭西皇帝の申された如く、一たび心魂を傾けて、「為し能わず」という事は無い。諸君の出陣第一功を、榎本、衷心より嘱望致すぞ。諸君。この右舷艫の「たらっぷ」は、軍艦規約により、上長官以上の昇降に用うるものであるが、本日諸君の進発に当り、特に吾が開陽丸初航海以来の律《おきて》を破り、破天荒の特典を以って、この「たらっぷ」を使用致す。これを以って榎本の心事を推察せられたい。

中島恒太郎、左から走り出る。

恒太郎　副総裁

荒　井　何奴だ。

恒太郎　浦賀同心隊、中島恒太郎、榎本閣下に折入って切願仕ります。何とぞ拙者奴を、先鋒隊陸揚げの人数にお加え下さい。（甲板に両手をつく。）

三郎助　副総裁、やつがれの総領息子にございます。血気に逸《はや》って軍律を擾《みだ》した不所存者ではございますが、何とぞ、この三郎助の白髪首に免じて、こやつの願いを枉《ま》げて御聞届け下さいまし。

英次郎　副総裁、兄一人に先発の功名は譲れませぬ。私も人数にお加え下さい。

荒　井　ならぬ。吾が党の軍律は、金鉄だ。
恒太郎　閣下、郷里の母への誓言の手前、この儘、進発に洩れましては、中島恒太郎、武士の一分《いちぶん》が相立ちませぬ。金鉄の如き軍律を破った罪は、陸揚げ決行の後、如何様にもお受け致します。火焙り八つ裂きの御仕置に遭いましょうとも、お恨みには思いませぬ。
荒　井　諄《くど》い。言うな。
恒太郎　では、これ程までに切願仕りましても――父上、弟、残念だ。（声を上げて泣く。）
榎　本　戦友諸君、諸君はこの態《てい》を何と見るか。人選に洩れた中島父子《おやこ》の無念さを、とくと吾が身に引較べて考えい。この無上の面目を思えば、屍《しかばね》を鷲ノ木の荒磯に晒《さら》して微塵も悔むところは無いであろう。
荒　井　中島君、後刻、恒太郎を乗組の軍艦へ送還せい。軍律破却の罪は、憎んでも余りあるが、その忠孝の志は、尊びたい。此度に限り、特に刑罰には行わぬ。行け。

三郎助、悄然と恒太郎を左へ連れて行く。

英次郎　（その後から）兄上。――（顔を見合せて泣く。二人去る。）
大　鳥　戦友諸君、最前からの軍事評定によって、吾が党現下の方策は、略〻《ほぼ》相定まった。諸君より一足遅れて、この大鳥圭介が、先鋒隊指揮役として上陸致す。但し、鷲ノ木村住民に対して、吾輩の発する布告分につき、諸君は一言片句も異論を挿んでは相成らぬぞ。よいな。その事訳《ことわけ》は、追って詳しく沙汰致す。
荒　井　では、仏蘭西教官、大砲発火の御手配を願います。
ふおるたん　よろしい。大野君、装塡。
大　野　はい。（砲兵に）弾籠めえーっ。（砲兵の作業。）
ふおるたん　目標。
大　野　はい。標的は前岸右寄り小山の中腹（砲兵の作業。）
ふおるたん　標準。
大　野　はい。覘《ねら》いは。艫の方《かた》八十五角度、二千五百。（砲兵の作業。）
ふおるたん　発火用意。
大　野　はい。撃ち方ーあ、構えい。（砲兵の作業。）

舷門で――

水夫一　（慌だしく）当直士官殿、唯今、回天丸より「ばっていら」が参ります。
英次郎　仏蘭西教官殿、暫らく発火をお控え下さい。
ふおるたん　発火中止。
大　野　はい。（砲兵に）撃ち方ーあ、待てーっ。（砲兵の作業。）
英次郎　舷梯取次ぎ役、参れ。

水夫三　はい。（「たらっぷ」駈け下りる。）
舷側からの声　（荒々しく）榎本、榎本、榎本。
榎　本　（苦々しげに）おお、土方歳三だな。向う見ずの乱暴者め、また傍若無人の不埒を働く気か。

土方歳三、陸軍軍服に日本刀をたばさみ、水夫三を押し退けながら、「たらっぷ」を駈け上がって来る。

土　方　（勢い込んで）榎本、榎本はおらんか。
榎　本　何だ騒々しい。
土　方　（「ぷーぷ」の下から）おお、榎本、貴公は実に怪しからん男だぞ。
榎　本　怪しからんとは、君の事だ。大事の機密相談に、何ゆえ参会致さぬ。
土　方　いや、その申し開きは跡でする。それよりも回天丸の艦中ではな、吾が党今後の方策について、実に奇怪千万な風説が蔓《はびこ》っておるぞ。榎本、貴公は全く以て腰の据わらぬ男だな。一旦、蝦夷地開拓の意見書を新政府に奉り乍ら、江戸総督府が之を許さぬと見て取るや否や、忽ち節を変じて——
荒　井　（遮って）待て、土方君、場所柄を考えて物を言え。
土　方　いや、それればかりではないぞ。第一、貴公等の戦術は以ての外だ。かねて拙者の説いたように、なぜ真っ正面から箱館を押っ取り囲んで、一挙に勝敗を決せぬのだ。なぜ泥坊猫のように敵の背後に迂回して――

榎本　ふふん、万国公法を知らぬ我武者羅《がむしゃら》武士には似合いの説だ。よいか、箱館港《みなと》は、欧羅巴米利堅五大国を相手の開港場、それへ何等の通告も与えず、俄かに火玉の雨を降らして、万一、居留地にでも災厄を及ぼして見い。万国通有の律を破った残虐無慚の暴挙と罵られ、列国の爪弾《つまはじ》きを蒙るぞ。

荒井　仏蘭西教官、御手配を願います。

土方　待て、待てというに。その大砲の発火については、別して異議を唱えたいのだ。拙者の知る限りではな、先鋒隊の陸揚げは、敵方の虚に乗じて、疾風迅雷の如く行うをよしとする。しかるにだ、先ず大砲の火蓋を切って合戦の先触れとなし、敵方に防禦の遑《いとま》を与うるは、戦略と致して拙中の拙、下策《げさく》の下《げ》なるものではないか。

榎本　わっはははは。取るに足らぬ愚昧の説だ。もしこの鷲ノ木の前浜か後山に、薩長方が欧羅巴式構造の胸壁一つを備えておらば、たとえ暁の闇に紛れて「ばっていら」を卸そうとも、忽ち敵弾の覘い撃つところとなって、味方の先鋒隊は、尽《ことごと》く魚の餌食と相成るぞ。

大鳥　土方、君はそれだからいかん。君自ら采配をふるった鳥羽伏見の敗け軍を忘れたのか。

土方　何だと。

大鳥　よいか。たとえ君が近藤勇亡き跡、天然理心流の無双の達人であるにもせよだ、また君愛用の和泉守兼定に、どれ程の斬れ味がひそむにもせよだ。あの鳥羽伏見のようにな、味方は僅かに拿《ナポ》破崙《レオン》砲が一門、薩州勢は英吉利伝習の一粒選りの砲兵隊が、御香《ごこう》の宮の山上にずらりと筒先を並べた前に、昔乍らの甲冑陣羽織で抜き身をひっさげて躍り出るような旧式極まる戦法に固執していてはな、土方、到底、明治の戦争に勝ち味はないぞ。それとも、君の好んで着用する「はい・からあ」は、見てくれればかりの文明開化か。
土　方　何。貴公等は、衆人環目の中でこの土方を侮蔑する気か。
榎　本　騒ぐな、見苦しいぞ。
荒　井　仏蘭西教官、構わず御手配を願います。
ふおるたん　発火用意。
大　野　撃ち方、構えーい。（作業。）撃てえーっ。（轟然第一発。遠い反響。）

大砲旋回。砲兵一、洗掃杖で膅中を掃除。

大　野　撃ち方、構えーい。（大砲旋回。）撃てえーっ。（轟然、第二発。）

砲兵の作業。

大　野　撃ち方、構えーい。（大砲旋回。）撃てえーっ。（深い静寂。）
榎　本　どうした。（人々の視線、一斉に大砲へ集まる。）
ふおるたん　はい。――不発弾であります。

英次郎　伝令。
水夫四　はい。
英次郎　舳《へさき》の方《かた》、八「ぽんど」砲に、即刻、発火を命令せい。
水夫四　(左へ駈け去る。)

静寂。無言の不安。やがて左手奥で、遠い砲声。反響。

ふおるたん　不発弾、抜き取れ。
大　野　はい。弾を抜けい。

大砲旋回、砲兵、砲身を斜めに傾け、弾薬を抜き去ろうとする。突然、大音響。砲兵達、空《くう》を摑んで倒れる。「ふおるたん」、大野、とび退《の》く。

榎　本　どうしたのだ。
ふおるたん　不発弾の硝薬が、空中の酸素に触れて爆発致したのです。
大　野　担荷を呼べ、担荷を。
荒　井　決死隊進発までは、そのままに致して置け。
大　野　(甲板に手をついて)副総裁、私の落度から、掛替のない味方の人命を失いまして申訳もございません。存分の御制裁を仰ぎます。（泣く。）

榎　本　莫迦め、制裁というのは、まっとうな人間に対して申すことだ。実戦に役立つ弾薬を作りおらんで、何が器械方だ。大砲差図役だ。貴様のような奴は、本日限り吾が党加盟の同志とは思わぬぞ。

大　野　恐れ入りましてございます。

榎　本　貴様の仕置きについては追って沙汰する。控えておれ。

大　野　はい。

榎　本　では、大鳥君。

大　鳥　決死隊、進発。

英次郎　（左に向って）喇叭《ラッパ》方、下舷礼、吹奏。

喇叭卒出る、仏蘭西式の譜を吹き始める。

東天紅。

一同敬礼。決死隊士。静かに舷門を下りる。

漁師寅蔵、多九郎、「はっち」から駈け上って来る。

寅　蔵　榎本様。ありゃあ、お前様のお指図だか。

多九郎　まさかそうではなかべ。仙台領で、海賊の手から取り戻して呉れんされた塩鮭を、御家来衆が、遮二無二《しゃにむに》積み出しているだ。

寅蔵　決死隊の兵糧にするつうだ。榎本様、どうか、とめて呉んされや。

荒井　うるさい。控えろ。

寅蔵　榎本様、ご返事ねえとこ見ると、お前様も承知の上だな。そんだれば、お前様は、海賊だど。

榎本　何。海賊。荒井君、その漁師らを斬らしてしまえ。軍神の血祭りだ。

土方　よし、おれが斬ろう。

寅蔵　お前衆は、みんな海賊だど。

土方、一刀両断に斬る。

喇叭。東天紅。決死隊士、「たらっぷ」を下りる。

——幕——

三之巻　民兵新徴募

資　料

偖此時我党ノ主長未ダ定ラザルニ付（中略）合衆国ノ例ニ倣ヒ　文武ノ職掌序次ヲ定メ置　士官以上ノ者ヲシテ　入札セシメシニ　衆望ノ帰スル処ニ拠テ　榎本釜次郎総裁（中略）荒井郁之助海軍奉行　大鳥圭介陸軍奉行　永井玄蕃函館奉行（中略）其他人名録ニ譲ル

――説夢録――

海軍ニテ箱館ヲ取リシ時、徳川脱走ノ面々、直様、外国人居留地ノ周囲ヲ護衛シ、乱妨人並ビニ火難ナキ様、気ヲ附シトナリ。土地ノ者ハ、ミナ政府ノフタタビカワリタルヲ喜ビ、且、市中粮米払底ノ処、多分ノ銅石炭ヲ出シ、外国米ト交易セルユエ、米穀モ十分ニ出来タリ。

――もしほ草――

五稜郭にて生兵を募り（中略）此を歩砲の二種に分ちて訓練せしが、忽ち熟練して塾兵に劣らざるに至れり。

――幕末実戦史――

人物

榎本釜次郎武揚　徳川脱走陸海軍の主長。元幕府海軍副総裁。
永井玄蕃　箱館奉行。元幕府若年寄。
土方歳三　箱館市中取締。元新選組副長。
小柴長之助　同前。
高松凌雲　箱館病院長。
大塚鶴之助　彰義隊改役。榎本附人《つきびと》。
奥山八十八郎　一聯隊差図役。
大橋大蔵　彰義隊差図役。
中島三郎助　中島隊長。
中島恒太郎　その長男。
田島敬蔵　秋田藩船高雄丸船長。後に永山友右衛門。
かぴたん・ぶりゅーね　仏蘭西軍事教官。
かずぬーぶ　同前。
あんだあそん　英吉利商館一番番頭。
居留地お竜　その妾。小林屋の娘。
外国居留人一、二。

小林屋重吉　箱館海産問屋。英吉利貿易。
福島屋嘉七　同前。仏蘭西貿易。
新　十　郎　町会所詰役人。
函館商人一、二。
田本研造　写真師。
住吉丸の松五郎　小林屋持船の船頭。
平山金十郎　新徴民兵。亀田村郷士。
小　次　郎　同前。茅部の漁師。
佐　　　七　同前。元小林屋の使用人。
その他、南京人（一之巻の飴売り）、李、崔。脱走方兵卒、物見櫓見張役。子供一、二、三。群集。

舞　台

明治元年十一月上旬。
蝦夷箱館市中。

汐見町外国人居留地に続く往来。舞台、右寄り斜めに、黒木の柵、その中ほどに、おなじく黒塗りの大木戸、木戸の奥に、西洋天幕を張り、居留地取締りの番兵が詰めている。

正面に、町会所の玄関、式台。町会所の後ろに、物見櫓。楼上に太鼓。
左手は、土蔵の白壁で見切る。
建物、柵など、いずれも白雪を頂き、ところどころに見事な氷柱を垂らしている。冬の日の晴れた朝。

脱走方士官、彰義隊大塚鶴之助、ふたりの外国居留人に見送られて出て来る。

大　塚　（木戸の奥で）開門。

天幕のなかから、声に応じて番兵が現われ、木戸を大きく八文字に開く。

大　塚　（木戸を出て、居留人に向い）御見送りご苦労に存じます。何とぞ「こんしゅる」へよしなに御伝声下さい。
居留人一　申し伝えます。今回「あどみらる」榎本の御軍隊が、常地在留の吾々外国人に対して示された御芳志のほどは、「こんしゅる」はじめ、居留人一同、感佩《かんぱい》措く能わざるところです――
大　塚　いや、怱忙《そうぼう》の際とて、何かにつけ不行届きで、恐れ入ります。
居留人一　先ず、背面攻撃によって、戦場を渡島《おしま》の山中に移し、世界の開港場たる当箱館を、砲火の雨から免れしめた御処置と言い、入市後直ちに居留地取締の一隊をお差し遣わしになって、どさくさ紛れの附火乱暴人などの出ぬようにとの御手配と言い、まことに欧羅巴米利堅の軍隊にも類《たぐい》まれな正々堂々の御指図で、敬服いたしております。

居留人二　「あどみらる」榎本の御幕下には、何か国際公法に明るい参謀士官がおいでなのでございましょうか。

大　塚　いや、榎本閣下御自身が、荷蘭《オランダ》留学の砌《みぎり》、師について万国公法の研鑽《けんさん》を積まれた篤学の士であり、決して一介の武弁ではございませぬ。殊に海上のことは、閣下の御本職ではあり、かの地より携え帰られた「万国海律全書」と申す書物をば、いまだに座右離さず繙《ひもと》かれては、機に応じ実用に供せられておられます。

居留人二　ほほう、これば珍らしいことを伺いますな。

居留人一　いや、その御心構えあってこそ、今回のような列国の好感をそそる御処置も出来ようと申すものです。

大　塚　で、最前も申し上げました通り、局外中立の御列国に対しましては、当箱館表の貿易は、従前通りの仕方を踏襲いたし、一切変改は仕りませぬ。その辺も御安堵下さいますよう。

居留人一　はあ、御好意の段々は、喜んで御受けいたします。

大　塚　では、御免下さい。また何か火急の事ある場合には、五稜郭本営へ、榎本副総裁附人《つきびと》大塚鶴之助と名ざして御申し越し下さい。直ちに手配をいたします。

居留人二　有難う存じます。（去る。）

大　塚　閉門。

番兵、木戸を閉す。

大　塚　（右手へ行きかける。雪達磨を拵えている子供達に目をつけて）こらこら潑童《わっぱ》ども。あまり悪戯《わるさ》を致すなよ。
子供一　ああ。おじさんは、榎本さんの御家来かい。
大　塚　そうだとも。薩長方の腰ぬけ侍なぞは、もう箱館中探しても一人も居りはせぬ。
子供二　おじさん達は、つよいんだなあ。
子供一　日本中で一番つよいよ。
大　塚　ませた口を利く奴だな。なぜだ。
子供一　だってもさ。この町は一番始めが公方様の御領地で、そいから薩長の領地になって、そいから今度は、榎本さんが乗っ取ったろ。だから、徳川様が蛙でさ、薩長が蛇で——
大　塚　うむ、薩長が蛇で——
子供一　榎本さんが蛇取りだい。
大　塚　蛇取りか。はははは、面白い事を申すな。だが、陰険邪智の薩長賊輩を、長虫にたとえたは、無心の言葉乍ら穿《うが》っておるわ。
子供二　おじさん、この雪達磨の顔、誰に似てる。
大　塚　うむ、誰かな、木の葉で髭まで生やしてあるな。さあ、誰だろう。

子供二　榎本さんの顔じゃないか。
子供一　家来のくせに、大将の顔を知らないのかい。わーい。（子供達、口々に囃《はや》し立てる。）
大　塚　そうか。これは拙者の負けだ。はははは。（最前から黙って路傍の雪を食っている子供三に）こらこら、お前は、何んで雪など食うのだ。腹を下すぞ。
子供三　（急に雪を捨てて泣きはじめる。）
大　塚　どうしたのだ。
子供一　その子はね、貧乏人の子なんだよ。ことしは飢饉で、その上、今度の戦さだろ、お米がうんと高くなって、この子のうちじゃあ、日に一度ずつお粥をたべる切りなんだとさ。
子供二　だから昨日も、あのお倉の（と土蔵をさして）窓んとこによじ登って、中をのぞいているうちに、滑り落ちて、もう少しで怪我をしそくなったんだよ。
大　塚　ふむ、あの倉のな。
子供二　あれはね、小林屋という大金持のお倉でね、あの中にはお米が腐るほどあるんだとさ。
子供三　（また声をあげて泣く。）
大　塚　そうか、泣くな、泣くな。薩長の俄か役人どもは、下々を吾子のように劬《いた》わるなぞと言い乍ら、お前方の難儀を振り向いても見なかったがな、しかし榎本閣下が政治をお取りになるからは、もう安心しているがよい。もう直き町じゅうの貧乏人に、門並《なみ》、米を配るのだぞ。
子供三　お米を。ほんとうかい、おじさん。
大　塚　誰が嘘を言うものか。

子供三　配るって、ただでかい。
大　塚　無論、ただでだ。だから雪など食うな、よいか。
子供三　（急いで左手へ駈け込む。）おっ母、お米配ってくれるとよ。ただで配ってくれるとよ。（去る。）
大　塚　（その姿を見送った後）さあ、お前方も、もう家へ帰れ。（子供たちを追い立てる。行きかけて、櫓を振り向き）見張役。
見張役　（楼上で）はっ。
大　塚　港内外に別状ないか。
見張役　はっ。最前、千代田丸が海上巡邏のため出港いたしました外は、別に異状ございません。
大　塚　そうか。よし。（右手へ向う。）

右手から、数人の兵卒が中島三郎助に引率されて出る。一同、大塚に向って挙手の礼をする。

大　塚　おお、中島君、御苦労です。何処へ行かれる。
三郎助　沖之口番所警固のために出張いたします。
大　塚　おお、一本木関門と沖之口とは、当箱館の前後を固める大事の関所ゆえ、船の出入りは特に厳重に御監視下さい。
三郎助　はっ。
大　塚　御免。（去る。）

小林屋重吉、紋服袴の上に合羽《かっぱ》を羽織って、花道から出て来る。三郎助の率いる一隊も、花道にかかり擦れちがう。

小林屋　（ふり返って）はてな、どうやら見覚えのある顔だが。おお、（小戻りに戻って）てめえは、佐七じゃねえか。

佐　七　（隊列の最後にいる。）おお、小林屋の檀那様。（立ちどまる。）

三郎助　勤務中、立ち話は許さん。参れ。（隊列、揚幕へはいる。）

小林屋　ふうむ、それじゃあ、噂にたがわず、いよいよ民兵をお取り立てになったのだな。（腕組みをして、暫らく見送っている。やがて本舞台にかかる。町会所の玄関口で）御免。

会所の詰役人新十郎、奥から出て来る。

新十郎　おう、これはお早い御出まして。

小林屋　いや、その段は、御同様だが、奥に支度は出来ておりましょうか。

新十郎　いいえ、支度と申しましても、御巡見役はお草鞋《わらじ》がけゆえ、奥へはお通りなさいませんそうで。唯今、それへ焚火、御床几の用意など致そうと存じておりましたところで。

小林屋　ほほう、それは難儀だ、この吹き曝《さら》しで、お待ち受けをせにゃならぬのか。

新十郎　唯今、焚火をいたします。（下へ下りて来る。床几をすすめて）どうぞ、おかけ下さいまして。（焚火を始める。）本日の御巡見は、永井玄蕃頭様に土方歳三様だそうでございますが、永井様と申せば、もと江戸表の御老職、土方様も甲州鎮撫《ちんぶ》へ御進発の折は、寄合席の御格式であったとか、そういう御歴々をお迎え致して、万が一御無礼に亙ることでもあってはならぬと、大概気の揉める段ではございません。
小林屋　全くな。
新十郎　ところが、前以ての御達しでは、万事簡略に致して、御酒《ごしゅ》の用意なぞ一切無用という御ふれ出しでございますので、とんと御もてなしの趣向に困《こう》じ果てておりましたが、何かよい御思案でもございますまいか。
小林屋　いや、簡略にせいというなら、却って餘計な気を遣わぬがよかろう。だが、えらい事になったものだなあ。五稜郭に府庁をお取り建てになって、これで薩長方の蝦夷地御差配も万代不易と思ったのも束の間、当の府知事様が外国の蒸気飛脚船に泣きついて、身に一物もおつけなさらず、津軽へ落ちのびられるといふ始末だ。
新十郎　全くでございますよ。
小林屋　こう世の中がでんぐり返っては、薩長方に肩を入れたものは、あとの月の富籤を買ったも同然で、何から何まで思惑外れだ。
新十郎　そんなこともございますまいけれど、おお、そう申せば最前から、あの、お竜様がこの居留地の大木戸を幾度も出入りなさいましたが、何かお店にお取り込みでもございますので。

小林屋　何、お竜が。
新十郎　へえ。噂に承われば、お竜様の檀那様は、何でも秋田へ御出張の御留守だそうで。
小林屋　何。そんな事を、誰に聞きました。

右手から、請負人福島屋、箱館商人一、二、田本研造の四人が、これも紋服の上に雪支度をして出て来る。

新十郎　これは、皆様、御苦労さまでございます。
福島屋　おお、小林屋さん。まことに遅くなりました。
商人一　お寒いことでございますな。
新十郎　さあさあ、どうぞお当り下さいまし。
商人二　先達《せんだっ》て内《うち》は、どのようなえらい騒ぎになることかと、手前なぞは穴にかくれた蟹も同然、奥の一間に小さくなっておりましたが、どうやら無事平穏のうちに代《よ》が変りましたようで、何より結構でございます。
商人一　まだ戦争騒ぎが遠い江戸の噂話であった時分は、勝安房なぞは尻腰《しっこし》がない、徳川武士の面汚しだなぞと、飛んだ熱を上げておりましたが、こうして目の前に、箱館という土地が、清水谷府知事様のお取計らいで、鉄砲一つ打ち合わず、穏やかに納まったのを見まするると、なるほど勝様は、八百八町の大恩人であったのだと、つくづく感服いたしました。

商人二　今度でも、清水谷様が下手に手向いをなさろうもんなら、それこそ箱館五十四町は、火の海になったかも知れませぬ。
福島屋　おっと、府知事様を賞めるのは、ここでは禁句だ。皆の衆は、今どなたの御出迎えをなさるのか。
商人二　ほい、これはしまった。清水谷の蔭弁慶奴、大砲一つ打ち合わずに、尻に帆かけて逃げ出すとは、武士の風上にも置けぬ奴じゃ。こう申したら、よろしうございましょう。はははは。
新十郎　全く今の御時勢では、何時どなた様をどのようにお賞め申してよいやら悪いやら、とんと見当もつきませぬて。はははは。
福島屋　（新十郎に）時に、きょうの御巡見の御顔ぶれは――
小林屋　福島屋さん、おぬしがそれを知らねえとは奇体だな。
福島屋　どうしてでございます。
小林屋　脱走方が府庁のあとを乗っ取ってから、毎日のように足繁く五稜郭へ御機嫌伺いに出ているそうじゃねえか。
福島屋　えっ。
小林屋　おれをさし置いて、出すぎた真似をする奴だ。
福島屋　はははは、そんなら申しましょうが、榎本方の後立てが仏蘭西資本だということは、よもや小林屋さんも御存じがないではございますまい。ちょうど手前の取引も仏蘭西貿易、自然五稜郭へも何かと御縁がございますのさ。

小林屋　ふん、まあ今のうちに精々羽根を伸ばしなさるがいい。こんな世の中が何時まで続くと思っているのか。

福島屋　小林屋さんのお言葉ではございますが、手前、何も人に隠れて五稜郭へ日参したというではなし、一点やましいところはございません。何処ぞその辺のお人のように、この騒ぎにつけ込んで、下々の難儀も思わず、米の買占めをなさるような曲った根性は持ち合せません。

小林屋　何だと、もう一遍言って見なさい。恩知らず奴が。おぬしなぞが仏蘭西貿易へ乗り出せたのは、誰の引立てだと思うのだ。

福島屋　ははははは、まあ、何でもよろしうございます。

序幕に出た飴売りの南京人、痩せ衰えた姿で、よろめき出る。

南京人　お客サン、オ米下サイ。

新十郎　何だ。おう、お前はいつかの飴売りだな。

南京人　モウ三日、何モ食べマセン。オ米、オ米下サイ。

福島屋　さあさあ、行った、行った。そんな薄汚ない身なりをして、この辺をうろうろしていられちゃ眼障りだ。ここには、米はないから、さあ行きなさい。

南京人　オ米、下サイ。モウ歩ケマセン。

新十郎　だから、いつぞや町会所の計らいで、支那の商人に便船を頼み、本国へ送りかえしてやろうと言ったのに、強情を張るから悪いのだ。

南京人　私ノ仲間、牢屋ニイル。ヒトリデ支那へ帰レナイ。オ米、下サイ。オ客サン。

新十郎　うるさい奴だ。行けと言ったら。

南京人　オ米クレナイ、ソレ、悪イ。私ノ仲間、今ニ牢屋出ル、私、一緒ニ南京帰ッテ、イイツケル。日本オ上、支那オ上ニ叱ラレル。ヨロシイカ。（一生懸命に言う。）

小林屋　ええ、行かねえか、南京坊主。（突き倒す。）

雪中に倒れて、泣き叫んでいる。

高松凌雲、南京人たちに担荷二台を舁《か》かせ乍ら、宰領をして出て来る。

南京人、ふと顔を上げて、叫び乍らとび起きる。

南京人　（担荷を舁いている他の南京人に抱きつく。）オウ、李、崔、達者デイタカ。

李　（激しく）駄目、駄目、私ノ体ニ触ッテイケナイ。アトデ、牢屋へ帰ッテ、鞭デブタレル。イケナイ。

南京人　待ッテイタ。死ヌ思イデ待ッテイタ。イツ牢屋出サレルカ。

崔　ワカラナイ。仲間、ミンナ砲台ノ修繕ヤ、病人運ビニツカワレテイル。

李　駄目駄目。仕事中口利ク、アト鞭デブタレル。駄目、駄目。

南京人　オ客サン、私ノ仲間、密貿易シナイ、間違ッテ牢屋入レラレタ、ドウカ出シテ下サイ。

高　松　さあ、退いてをれ。南京人、急ぐのだ。参れ。

担荷、動きかける。

南京人　イケナイ、イケナイ。（追い縋《すが》る。）

右手から、一聯隊差図役奥山八十八郎、彰義隊差図役大橋大蔵の二人、抜刀をひっ提げて駈け出る。

奥　山　高松先生、お待ちなさい。
高　松　（ふり返って）誰です。
奥　山　一聯隊頭取奥山八十八郎。
大　橋　彰義隊差図役大橋大蔵。
奥　山　ちと御意を得たいことがあって、追って参った。
大　橋　卒爾《そつじ》乍ら、その傷病人を申し受けたい。

南京人、抜刀に驚いて、傍らへ立ちすくむ。会所のまえの人々、逃げ腰になる。

高　松　ふん、この怪我人を引き取って、何とせられるのだ。察するところ、高松ごとき籔医者には、傷病人の看護を任せ切りには出来ぬから、御両所の手で療養を加えられるとでもいうのかな、ははは。

奥　山　高松先生、この傷病人は、敵方でござろう。

高　松　いかにも、薩長方福山藩の手のもので、五稜郭の役宅に取り残されておったのです。よほどの重傷と覚えます。

大　橋　高松先生、貴公は、この怪我人を高龍寺の仮病院に運び、味方の負傷者と同室に於いて看病せられるのか。

高　松　左様。箱館病院には、既に病養室の空間《あきま》がありませぬから、今後も永く高龍寺を分院と致して、敵味方を収容いたす所存です。

奥　山　して、この怪我人が落命すれば格別、全治いたした場合には、説いて味方の人数にでもさし加えようと言われるのか。

高　松　どう致して、全治の暁は、路用の金を頒ち与えて、敵方に送還します。

奥　山　何を、莫迦な。

大　橋　拙者らは、洒落や酔興に、戦さをしているのではないぞ。

高　松　高松とても、君方に劣らず真剣です。既に傷《きずつ》いて実戦力を失うておる者を、むざと殺害するような野蛮行為は、万国公法の表《おもて》に照らして、高松凌雲、承服いたし兼ねる。西洋先進国に於いては、疾《と》うに赤十字社病院と申して――

奥　山　いや、拙者らの眼には、万国公法も赤十字社もない。ただこの度の戦さを、味方の大勝利に導きたいばかりだ。仮りにも敵方と名のつくものは、路ばたの屍体さへ、切り苛《さいな》んでも飽き足らぬのだ。さ、高松先生、お退き下さい。そやつ等を一刀両断に致して呉れる。

高　松　いいや、退かぬ。

大　橋　退け。

高　松　諄《くど》い。疾病人の取仕切りは、不肖高松の全権だ。入院退院は、吾輩の見込通りにする。君方の指図は仰ぎませんぞ。

大　橋　退け。邪魔立てすれば、先生から先ず叩き斬るぞ。

奥　山　退け。

揉み合ううちに、花道から、土方歳三、永井玄蕃、小柴長之助の三人を、一隊の兵卒が護衛しながら出て来る。土方は負傷した片腕を繃帯で釣っている。

永　井　これ、これ、何をいさかい致しておる。

高　松　おう、よいところへ、箱館奉行殿が参られた。御覧のとおり狼藉者に邂逅《かいこう》なし、難渋いたしております。

小　柴　控えい。

両　人　は。

小　柴　刀を納めいと言うのだ。

両　人　は。（抜刀を鞘に納める。）

土　方　永井殿、貴殿は、あの態《てい》を何と見られる。西洋人の赤十字社の猿真似には、この土方ばかりが反対を唱えておるのでない。よいか。戦争の要諦《ようたい》は、敵愾心《てきがいしん》の鼓吹にある。倶《とも》に天を戴かずという底《てい》の、憎悪憤激の念を味方の陣中に漲らすに在るのだ。しかるに敵の負傷人を味方の怪我人と同列に置いて、同じ医薬を頒ち、同じ褥《しとね》を貸し与えるなどとは、以ての外の暴計というもの、日夜面を合せておれば、敵味方とてついには常談口の一つも利き合おう。大堤も蟻の穴より崩るるの喩《たと》え、味方全軍の士気にとって、それこそ由々しい大事ではござらぬか。

永　井　いや、そうでない。吾らの存ずる限りでば、戦いはただ戦場に於いてのみ決するものでない。一軍の士気もさる事ながら、天下人心の向背も、勝負を分つ大切な要石《かなめいし》。今、赤十字社の制度に則《のっと》るは、吾が党が諸事につけ、西洋文物の長所を摂り入れ、蝦夷地の民を文明開化の恩沢《おんたく》に浴せしめる一端に他ならぬ。敵方の傷病人をすら劬《いた》わりいつくしむという事が、一般庶民に、どのような安堵堵信服の念を催さしめるか、お身は其処まで考え及ばれぬか。小柴氏、そうであろうが。

小　柴　左様にございます。特にこの儀は、五稜郭本営に於いて、衆議を以て相定まる事ではあり、土方氏の御言葉には、些か同意致し兼ねます。（奥山、大橋に向い）両人とも、匆々《そうそう》、屯所に引き上げい。

奥　山　は。

小　柴　行かぬか。

大　橋　は。（二人、残念そうに立ち去る。）

高松　御巡見の路すがら、思わぬ御配慮に預り、恐縮いたします。では、吾輩も御免蒙ります。
永井　おう、この寒気に路のはたに引留められては、怪我人の身に障るであろう。
小柴　この上とも路次に気をつけられい。
高松　は。（南京人に、担荷を舁かせて、左手へ去る。）
南京人　オウ、李、崔、待ッテクレ、待ッテクレ。

小林屋、福島屋その他の商人、形を改め、町会所の前から進み出て、雪中に手をつく。

小林屋　先立《さきだ》っての御沙汰に従いまして、当地大町弁天町町名主小林屋重吉。
福島屋　福島屋嘉七。
小林屋　そのほか町総代の者ども、御巡見をお待ち申し上げておりました。
永井　許せ。

永井、土方、小柴、上座の床几に座を占める。護衛の一隊は後ろにいる。

永井　ははは、いずれも屈託そうに致しておるな。さ、下にいては寒かろう。それへ直られい。（向い合った床几を指さす。）身が江戸御城中に於いて老職の重き役目を承わったは昔の事、この度の戦さに従うてよりは、榎本方のただの平侍に過ぎぬのでな。本日も市中巡見と言うは、役目の表向き、有様《ありよう》は、気軽な草鞋《わらじ》穿《ば》きで、町々の様子なども探り、また其方《そのほう》等と膝を交えて、ゆるゆる話が致したかったのだ。さ、掛けてはどうか。

小　柴　お言葉だ。それへ直るがよい。

小林屋　恐れ入ります。（一同、腰かける。）

永　井　役目柄、先ず本日市中巡見の御趣旨について述べるが、吾が党五稜郭占拠の後、過日軍事評定によって、新政治の大本を合議衆決いたしたのでな、その儀について、当表《おもて》町方のもの共に、吾が党の真意を披瀝いたしたい。まず第一に、吾が脱走軍は、旧幕府諸軍艦の乗組人を始めとして、新撰組、彰義隊、西之丸下一聯隊、大手前砲兵隊、会藩遊撃隊、額兵隊《がくびょうたい》など、その外いずれも徳川の御恩顧を蒙る海陸軍の一統ではあるが、今、五稜郭府庁を覆《くつがえ》してこれに拠ったのは、決して百般の制度を、幕府御直領の昔に返そうがためではない。吾等もと徳川家臣の眼を以って見るも、旧幕府蝦夷地御差配の失政は、蔽いがたいのでな。

土　方　永井殿、お待ち下さい。貴殿は、最前から、行く先々の町人どもをつかまえて、事もあろうに大恩ある旧主家の恥を言い立て、おのれ等の立場をよくしようとせられるのか。実に怪しからん話ではないか。

小　柴　土方氏、お控えなさい。お身こそ役柄を忘れ、見苦しいではござらぬか。

永　井　よいか。旧幕府蝦夷地御差配の失政は、歴として蔽いがたいのでな。が、さればと言って、下薩長方が施行いたしたような忽《ゆるが》せな方略を以ってしては、到底この千古不毛の新天地を開発して、下万民の福利を図ることは思いも寄らぬ。吾が党の眼目は、徳川にもあらず薩長にもあらざる新政治の宣布にある。
小林屋　徳川にもあらず、薩長にもあらずと仰せられまするると。
永　井　さあ、そこだて。吾が国は、古来あまりに上下身分の隔りがはげしく、下々の思うところは、多く上へは聞えず、それゆえ四民の頭に立つものが、衆人怨嗟《えんさ》の的と相成った例《ためし》も少なしとせぬ。この陋習《ろうしゅう》を改めるには、治政経綸の役に任ずる者を、衆望の帰するところに従って、公平無私に選挙いたすに若《し》くはない。吾が党は、近く松前江刺《えさし》一円を治定いたした後、かの米利堅合衆国の顰《ひそ》みに倣《なら》ひ、文武諸役人を入札を以て公選いたす運びに相成った。よいか、すれば衆望無きものが人の上《かみ》に立たず、衆望無きものが上に立たざれば治政経綸の乱れを見ず、下々の難儀も取り除かるるというわけでな。この儀は特に吾が党新政治の眼目であるからして、其方等の口より町方住人共へ、しかと申し伝えて呉りやれ。
福島屋　畏《かしこま》りましてございます。
小林屋　お役人様にお伺いいたしまするが、その入札とやら選挙とやらは、誰が取り行うのでござりましょうか。
永　井　有態《ありてい》に申せば、吾が党の立案に於いては、選挙人の格式を士分以上の者に限るのだが、いや、これは諸外国に於いても、或は年の老若とか、或は諸役銭納め高の高下に応じて格式を許すのが常例でな。この差別を加えずして下万民を洩らさず入札公選に与《あず》からしめるときには、たとえば浮浪人、宿場人足、博奕打ち、水呑百姓など、眼に一丁字《いっていじ》なき輩《やから》の品定めによって、文武諸役人の立場が左右さるる事と相成り、由々敷き大事に立ち至る。これに鑑み、吾が党も士分以上を以て選挙人の格式を定めるが、なぜまた武士のみに公選を許すかと申せば――

土　方　いや、諄《くど》く言うまでもないことだ。武士は一命を抛《なげう》って国を守るもの、民百姓と同日には談ぜられん。

小　柴　土方氏、お控えなさい。頑迷固陋の薩長方すら、口先だけの四民平等を唱うる時世に、そのような放言は、慎しまれたがよい。それに、お身なぞは、武士と百姓の隔たりを、身を以て、破却した一人ではござらぬか。

商人一　お伺い申しますが、土方様の御前身は、御武家様ではおありなさいませんので。

小　柴　左様だ。近藤勇の養父周助の門下に加わるまでは、武州多摩郡の百姓の伜、「石田散薬」といふ傷薬の行商人であったのだ。

土　方　ええ、詰らぬ事を披露致すな。

永　井　で、選挙人を士分以上に限るとすれば、下々の者は上に立つ者を自ら選ぶ事がかなわぬかと申すに、必ずしもそうでない。吾が党の方略と致して、旧来の兵農分立の廃止が唱えられておる。

小林屋　兵農分立の廃止と仰せられまするとー―

永　井　兵即ち武士と、農即ち百姓との間にある古来厳重な身分の差別を取り除こうというのだが、畢竟、民間有用の人物が、上下《じょうげ》の隔てに遮られて立身の道をえ開かぬのは、人材登用の上からも面白うない。で、民間の有材を、先ず吾が党の兵卒に用い、さらに見所あるものは士分に取り立て、役人選挙の入札にも加わらしめる。かように取計らえば、水呑百姓の小伜も、政府役人の公選人とも相成り、次第によっては、選ばれて、吾が党の総裁、副総裁の栄職につかぬものでもない。これこそ、まさしく文明開化の新政治、四民平等の大方針と申すものではあるまいか。
福島屋　まことに、伺えば伺うほど恐れ入った御達見にございます。
小林屋　おたずね申しまするが、この度箱館お乗り込みの道すがら、御募《つの》りに相なりました民兵は、やがて士分にお取り立てがございましょうか。
永　井　おう、その内有用の人物は、必ず遠からずして士分の待遇をさし許さるると思うが。
小林屋　しかと左様にございましょうか。
永　井　いかにも。
小林屋　なれば、余人は知らず、この小林屋重吉は、憚り乍ら、脱走方の御政治には感服いたし兼ねまする。
永　井　何と言われる。
小林屋　もとより之は人の噂に聞き傳えたこと乍ら、この度御徴募の民兵のなかには、平山金十郎と申すような不逞無頼のやからも加わっておりますそうな。さような者が役人公選の数に加わりましては、果して、尋常な御政道が相立ちましょうか。
永　井　何。
小林屋　実は最前、お出迎えに参る途中で、もと手前の店に丁稚奉公を致しておりました佐七と申すものを、民兵のなかに見かけましたが、この佐七という奴は、幼い頃から手前方で吾が子同然の養育を受けた恩義を忘れ、手前が娘に道ならぬ恋を仕かけ、揚句は見苦しい刃物沙汰にも及びました不所存者にございます。左様のものを、碌々身性《みしょう》もお調べなさらず民兵にお取立てなさるとは、ちと聞えぬ御沙汰かと存じまする。
永　井　小柴氏、佐七と申すものが、新徴民兵のなかにおりましたか。
小　柴　左様、その者ならば、鷲ノ木上陸の後、茅部参道を進撃致した一隊が、沿道の漁村より案内役を募ったところ、確か小次郎に佐七と申す両人の者が早速に願い出て——
小林屋　何、小次郎が。
小　柴　両人ながら、川汲峠《かつくみ》の戦《いくさ》で、武士にも劣るまじい働きをして、なかなかの手柄を立てたと記憶致します。
小林屋　むう、それは愈〻以て聞き捨てに相成りませぬ。臼尻村の小次郎と言えば、小樽内一揆の張本人、獄門にかけられた小次郎という博奕打ちの弟で、どうで碌な血筋の生れではございません。最前、浮浪人、博奕打ちの徒輩《ともがら》には出世の道を開かぬと仰せられたお口の下から、さような輩《やから》をお取り立てになるとは、いや、呆れ果てたなさり様だ。失礼乍ら、小林屋重吉は、この上の御沙汰は承わりとうございません。お暇《いとま》くださいまし。（座を立ちかける。）
土　方　莫迦め。控えい。この土方は兎も角も、永井殿の御目通りに出ながら、勝手に座を立つとは、不埒千万な奴だ。たって動かば、叩き斬るぞ。
永　井　土方氏、お気に障《さ》えられな。どうだ、小林屋とやら。もそっと穏やかに談合いたそうではないか。これからが大事な話でな。すなわち吾が党の蝦夷地開拓の方略だが、既に先年吾が党の主長榎本殿は、この地を巡歴せられて、蝦夷ヶ島こそ先人未発の天然の宝蔵、これを捨てて顧みぬのは、あたら天の与うる宝物を無にするも同然と考えられ、荷蘭留学の砌《みぎり》にも、諸外国の山野切り開きの作法を仔細に取り調べて帰られたのだが、その船来の新知識を以て見るに、蝦夷地の開拓には何より仏蘭西式の作法がふさわしい。奥地の切り開きから、漁場《ぎょば》の取仕切り、貿易の仕方まで、今後は一切、仏蘭西式を以て旨とすることに相成った。たとえば、昨年中の船の出入りをとり調べたるところ、外国商船大型四十五艘の内、英吉利船の二十一艘に対して、仏蘭西船は僅かに五艘、軍艦二十三艘のうち、「おろしゃ」十艘、英吉利八艘、荷蘭二艘、仏蘭西軍艦は三艘に過ぎぬ。之を以て見るに、畢竟、旧来の外国貿易が仏蘭西をないがしろに致したればこそ、その富は僅かに貿易問屋を霑《うる》おすにとどまり、下々までは行き渡らず、いまわしい一揆騒ぎなどもそれゆえに起きたのであろう。

福島屋　憚り乍ら、まことに結構な御趣旨かと存じます。どうだな、皆の衆。

新十郎　有難い御沙汰でございます。

永　井　小林屋とやら、其許《そのもと》は英吉利貿易の元締を致しおると聞いたが、どうであろう、以後は、吾が党の開拓事業に力を添えては呉れまいか。

小林屋　いえ、手前は、仏蘭西が大の嫌い、誰様が何と仰せらりょうとも、これまで通り、英吉利相手に手びろく貿易を営みまする。四民平等と言い、役人の入札まで取り行わせらるる脱走方ならば、下々の生業《なりわい》に押しつけがましい御指図もなされますまい。

永　井　左様か、余儀ないことだ。では、小柴氏、その許から申し伝えられい。

小　柴　小林屋、ちと取調べの筋があるから、後刻、五稜郭本営まで出頭せい。最前よりの重ね重ねの無礼と言い、この場から引立てるも苦しうないが、其方《そのほう》ごときに、それほど仰々しい沙汰にも及ぶまい。後ほどまでに、仮りの開拓奉行澤太郎左衛門様の御役宅へ、必ず参れ。
小林屋　これはまた御無体な。何ゆえあって、手前を御とり調べに相成ります。
小　柴　黙れ。この度の戦争によって、市中、在庫米払底し、窮民道に倒れる者さえある折柄、米相場の高走りを見越して、一手に買占めたのは、何奴の仕業だ。五稜郭本営へ、引きも切らず藩訴訟をいたすものがあるによって、とくに厳重に取り調べる。必ず参れよ。
小林屋　よろしゅうございます。どのような奴の讒訴《ざんそ》をおとり上げになりましたか存じませんが、いっそ御調べを願って、身の潔白の證《あか》しを立てましょう。
小　柴　よし。その言葉を忘れるな。福島屋、そちも五稜郭へ出頭せい。
福島屋　はい。あの、手前も。
小　柴　左様だ。窮民どもへ糧米を配給いたしたいのでな、五稜郭本営より、銅、鉄板、石炭などを払い下げ、仏蘭西貿易人の手を通じて、柴棍《さいごん》米を買入れたいのだ。取急ぎ手配いたして貰いたい。
福島屋　はい。必ず参上いたします。
土　方　（立ち上って、歩き廻る。空いた片手で伸びをして）やれやれ、最前からの長談義で、肩が張った。そろそろ参らぬか。
福島屋　申し上げます。本日は、万事簡略という御達しにつき、何のお欵待《もてなし》も致しませなんだが、実は手前の一存で、これに田本と申す写真師をよび寄せてございます。さし出がましい儀ながら、今日の御巡見の御模様を「れんず」に収めさせて頂きまして、皆様のお手許にもさし上げ、また後の世まで手前どもの家宝の一つにも数えたいと存じますが、如何なものでございましょう。

小柴　おう、それはよく心づいた。
永井　ほほう、箱館は開けた港とは聞き及んでおったが、写真術まで渡来いたしておるのか。面白い、撮してくりゃれ。
土方　写真か。いや、折悪しく、箱館進撃の途中で鉄砲玉を食らい、この態《ざま》だ。

田本、写真機を組み立てる。

土方　うむ、あれに、雪達磨があるな。あの前に立つか。
永井　雪達磨とは、いかにも蝦夷地の写真らしうて面白い。福島屋、その方たちも入らぬか。
福島屋　御遠慮申し上げます。
田本　では、土方様お一人が異人服でいらっしゃいますから、真ん中にお立ち遊ばして。（「れんず」を覗く。）
土方　こうか。いや、これはいかん。三人立ちの真ん中に立つと、災いがあると言うではないか。
永井　ははは。御幣をかつぐのか。この達磨とも四人立ちだ。安堵召されい。（退きかける。）
田本　では、手前が三つ数えます間、御辛抱遊ばしますように。（土方に）もし、左のお手が少々下がり過ぎました。
土方　拙者か。

田本　へい。
土方　こうか。（左腕を上げようとして）あ痛っ。莫迦め、銃丸に打たれた手を、動かさせる奴があるかっ。
田本　恐れ入りました。
小柴　早く致せ。
田本　はい。一い——二う——三つ。（撮す。）御面倒様でございました。

物見櫓の上で、見張役が太鼓を打つ。

小柴　何事だ。
見張役（楼上から）はっ。海上巡邏中の千代田丸が、英吉利型と覚しき商船を曳航して唯今入港いたしました。
永井　何、英吉利船を曳いて参った。小柴氏、沖之口番所警固のものは。
小柴　中島三郎助手のものでございます。
永井　左様か。彼の者ならば、任せて置いて大事あるまい。では、先へ参ろう。

一同、左手へ行く。

小　柴　小林屋、必ず、出頭せい。

小林屋　御念には及びませぬ。（一同、去る）

福島屋　やれやれ、急な御用で、お役所へ参らねばならぬが、これは思わぬ儲け話、手前と違って、小林屋さんは、ちと御出頭がなり憎うございましょうな。

小林屋　胡麻すり奴。僅かのお溌《こぼ》れを頂戴しようと、上役人に媚びへつらって、多年の恩を仇で返そうという肚か。犬畜生め。今に覚えているがいい。（荒立たしく右手へ去る。）

田　本　福島屋さん、五稜郭へ御出頭になりましたならば、今日を御縁に、手前に御役所の御用達を仰せつけられますよう、この上の御力添えを願いたいと存じますが。

福島屋　よろしい。万事は、手前が引受けました。さあ、参りましょう。

新十郎　皆様御役目御苦労でございました。（一同、それぞれにはいる。）

舞台空虚。やがて、居留地から、仏蘭西軍事教官「かぴたん・ぶりゅーね」「かずぬーぶ」の二人が出て来る。

かずぬーぶ　開門。（天幕の中から、番兵が出て、木戸を開く。）

二人、門の外へ出る。閉門。

ぶりゅーね　どうだ、「かずぬーぶ」君。この箱館居留地という小宇宙のなかにだね、現在の世界列強の争いが、はっきり反映しとるじゃあないか。吾々は、今、世界地図の染め分けを決定すべき空前絶後の歴史的時代に住んでいるという事が、ひしひしと身に染みて感じられるな。吾々の競争相手は、地球の東の涯にとり残された、この握り拳ほどの土人島をさえ、決して軽〻しくは扱っておらんよ。

かずぬーぶ　全く、列国がこうまでしのぎを削って、施設を施しているとは想像もしませんでした。吾々が横須賀を出る時に、蝦夷地に渡ったら、「ろびんそん・くるそ」の生活をしなくちゃなるまいなぞと、悲壮な覚悟を極わめたりしたのは、考えれば滑稽の至りですよ。

ぶりゅーね　さすが千軍万馬の「かずぬーぶ」君も、ここじゃあ、或る種の肉を煮て食うわけにも行くまい。

かずぬーぶ　これは、手痛いですな、「かぴたん・ぶりゅーね」。

ぶりゅーね　(手に持った地図を指して)今、「こんしゅる」に詳しい説明を聞いて舌を巻いたのだが、此処だよ、「かずぬーぶ」君、茅沼《かやぬま》炭山と言うのは。

かずぬーぶ　なるほど、非常な山奥ですな。

ぶりゅーね　うん、こんな奥地の鉱山まで、僅か二哩《マイル》ながら、石炭運搬用の鉄道が敷設されている。しかも、その敷設工事の任に当ったものは、英吉利技師「がーる」だ。

かずぬーぶ　全く、吾々は至るところで、奴らに先廻りをされていますな。

ぶりゅーね　実際きわどい処だったよ。蝦夷地占領がもう一足も遅かろうもんなら、吾々は、吹雪や北風の代りに、「ごっど・せーぶ・ざ・くぃーん」の合唱を聴かされたかも知れん。

かずぬーぶ　しかし、日本本州には、一哩どころか一鎖《チェーン》も見当らん鉄道が、どうしてこんな未開地に――

ぶりゅーね　分からんかね。もし君が、仮りに仏蘭西大帝国を植民地化しようと企てたら、いきなり巴里に覘《ねら》いをつけるかね。先ず「ふおるたん」君の故郷「のるまんでい」あたりで、倫敦《ロンドン》文明の示威運動をやるだろう。

かずぬーぶ　なるほど、そうですか。

ぶりゅーね　吾が光輝ある仏蘭西東洋派遣隊員は、単に一箇の精鋭無比なる軍人たるにとどまらず、須《すべか》らくまた最良の政治家たるべし。――「なぽれおん」陛下の詔勅だ。

かずぬーぶ　いや、分かりました、分かりました。――それから、砂鉄を精錬する熔鉱炉があると聞きましたが。

ぶりゅーね　うむ、亀田郡《こおり》だ。ええと、此処からは、人家に遮《さえぎ》られて見えんが、この湾にのぞんだ隣接地だ。これも、知恵の出どころは、英吉利らしい。

かずぬーぶ　なるほど。

ぶりゅーね　それから、見たまえ、向うに、半面紫に霞んだ山が見えるだろう。駒ヶ嶽だ。ちょうどあの山の向うに当る鉱脈地だが、つまり此処だ。（地図の一点をさす。）この鉱山に、「ぶれーき」「ぽんぺりー」という二人の亜米利加技師が招聘されて、ここの岩石を最新式の火薬で爆破しておる。ここで採掘した金と銀を、水銀によって溶解分析する技術を伝えておるのだ。また去年この港に立ち寄った合衆国の鯨猟船だけでも二十艘を越えているそうだよ。

　　居留人二、柵の奥から出て来る。

居留人二　開門。（番兵、木戸を開く。）

居留人二　おう、軍事教導団の諸君は、まだ此処に居られましたか。実は、領事館の応接間で、この書物を発見しました。最前、大塚君のお話によって、多分「あどみらる」榎本が昨日置き忘れられたものと推定いたしましたが、お分かりではございますまいか。

ぶりゅーね　さあ、知りませんが、拝見しましょう。（うけ取って）何、「万国海律全書」上巻。ふん、海上国際法の解説書だな。（扉を見開いて）「貴下ニ本書ヲ講ズルニ当ッテ感アリ。自然ノ地勢ト民族ノ素質上、将来必ズヤ雄大ナル海軍国トナルベキ運命ヲ有スル日本国ノ国際公報ノ知識普及上、本書ハソノ先駆者トナルベキヲ信ジ」か。ふん、「庶幾《こいねがわ》クバ、西洋文物ヲ咀嚼シテ、之ヲ貴下ノ祖国伝来ノ文明ト融合セシメ、以テ永久ニ光輝アリ益々発展スル国家タランコトヲ。荷蘭国海牙《ヘーグ》ニ於イテ、フレデリックス。」なるほど、確かに榎本提督の蔵書と思います。お預りいたしましょう。

居留人二　では、お届けを願います。（木戸を通って去る。番兵、閉門。）

ぶりゅーね　ふふん、これが榎本の手品の種だったのだな。どうも、国際公法について、侮《あなど》り難《がた》い知識を持っていると思ったが。（衣兜《ポケット》に本を仕舞う。）

かずぬーぶ　だが、なぜ榎本は、そういう貴重な文献を所持しておることを、吾々に隠して居ったのでしょう。

ぶりゅーね　足下《あしもと》を見透かされたくないからだろう。吾々の操り人形だと言うことは、無論自分でも意識しながらも、せめては洋行帰りの新知識らしい虚勢を張って、植民地軍閥としての体面を維持したいのだろう。ははは。行こう。（右手へ行きかける。）

花道から、榎本武揚が大塚鶴之助を従えて、急ぎ足に出て来る。仏蘭西士官の姿も眼にはいらないように、木戸の方へ走り寄る。

ぶりゅーね　榎本提督。

榎　本　（ふり向いて）おお、「ぶりゅーね」君。失礼。唯今、急いでおりますから、後程、御意を得ます。大塚君、木戸を開けさせろ。

ぶりゅーね　お待ちなさい、提督。お急ぎの用と言うのは、これじゃないのですか。（本を出して、振って見せる。）

榎　本　（傍へ走りよる。本をひったくるようにして）おお、よかった、よかった。上巻を失うことは、半分の損失ではない。「海律全書」上下二巻を失うことだ。御好意の段は万謝いたします、「かぴたん・ぶりゅーね」、あなたが御持ち帰り下さるところだったのか。いや、よかった、よかった。大塚君、安心せい、わっはは。（例の特徴ある笑いごえ。）

大　塚　何処にありました。

かずぬーぶ　領事館の客間だそうです。

榎　本　いや、これほど大事な書籍を何処ぞへ置き忘れたとあっては、また高松の籔医者めに神経病とあざ笑われても一言も無いからな。わっははは。（語調を変えて）おう、海律全書にかまけて、肝腎の事を忘れておった。「かぴたん・ぶりゅーね」、例の民兵徴募の件について、吾が党の内部にも、大ぶ喧《やか》ましい論議が横行し、もはや、吾輩一箇の弁舌では、どうにもこの反論を抑圧することが出来ぬのです。というよりも、吾輩自身、果してかかる制度が策のよろしきを得たものかどうか、疑念を生じてまいったのです。

ぶりゅーね　ふん、どうしてですか。

榎　本　それは、吾輩とても、土方歳三らのような極端保守の言論には動かされません。あの輩は、今、吾が党が民兵を徴募する時には、薩長藩賊は手を打って、あれ見よ、脱走方は、武士と武士との対等の力を以て争う気概なく、藁人形にも等しい百姓漁師の俄か兵隊を数に加えて、僅かに陣形を保ちおると、嘲弄悪罵を放つだろうというのです。この立論は、取るに足らん。しかし翻《ひるがえ》って思うにです。今、徳川三百年の悪政の総勘定をつけろと迫っている百姓浦人のなかから、兵隊を募って彼らにいくばくの地位を与えるということは、どういうものでしょう。彼等は、その地位を利用して、村に残した同じ百姓仲間のために、分際を超えた傲岸不遜の利益を主張し、果ては擾乱を醸《かも》し出すには至りますまいか。

ぶりゅーね　榎本提督、それは、杞憂に過ぎません。人民のなかから民兵を募るということは、人民と民兵とを引き裂くこと、言いかえれば、人民共の思い上った行動を取り締るために、民兵を吾々の番犬にするということに外ならんのです。
榎　本　ふうむ。（考える。）
ぶりゅーね　いいですか。民兵を志願するものは、勿論当初は、村に残した仲間のために利益を図ろうとするのだが、吾々は一片の肉切を彼等の鼻の先に見せびらかし乍ら、何処までも彼等を引張ってゆく。人民と民兵との利害関係を別なものとして、その勢力を二つに引き裂くのです。現に、茅部一帯の漁村でも、危うく漁場請負人に対して不穏の行動が引き起されようとした。彼等人民が権力への道を全く封ぜられている時には、その不平は常に火をよび易い。しかし、その中の一部の者が権力への道を登りかけ始めると、人民共は、そのよじ登ってゆく仲間がやがて地位を得て、おのれ等のためにいい土産物を持ち帰ってくれるだろうと、鳴りを静めて、時の来るのを待ち始めるのです。
榎　本　ふうむ、なるほど。しかし、やがて、時機の到来を待ち切れなくなりはしますまいか。
ぶりゅーね　それまでには、目の前に餌をお預けにされた民兵の方が軟化します。やがては「さむらい」になれる。村の仲間とは違った種類の人間になれる。そう思って、彼等は犬のように卑屈な芸当をし始めるのです。民衆とは、愚昧な欲の深い野良犬の寄り集まりですからな。ははははは。
榎　本　しかし、もしその場合――
かずぬーぶ　叱っ。

中島三郎助、一隊の警固兵と共に、田島啓蔵を引具して出て来る。

三郎助　おお、副総裁、これにおいでございましたか。予想外の獲物です。
榎　本　何か。
三郎助　唯今、海上巡邏ちゅうの千代田艦が、秋田藩商船高雄丸を拿捕《だほ》いたしました。
大　塚　ふん、吾が党が、この地を占拠したとも知らず、秋田の船が乗り込んで参ったのですか。
三郎助　左様。船内捜査の結果、この高尾丸は、英吉利製の弾丸火薬を塔載しておることが判明いたしました。薩長方の五稜郭府庁が、秋田藩の手を通じて、弾薬を密輸入する策略であったのです。
かずぬーぶ　ほほう、奴らの局外中立も、見事、面皮を剝がれましたな、「かぴたん・ぶりゅーね」。
ぶりゅーね　うむ、いずれ吾々が榎本軍に加盟したことについて、奴らから抗議が出るだろうが、その時には逆ねじを喰わすのだな。
三郎助　その上、当地の英吉利商館の番頭で「あんだあそん」と申す者まで、乗組んでおります。
大　塚　で、そこにいる人物は。
三郎助　田島敬蔵と自ら名乗っておりますが、高雄丸の船長です。恐らく身許を洗えば、薩州、長州いずれかの藩士に相違ありますまい。
田　島　いや、とんでもないこと、手前は、親父の代から秋田の船乗で、この度もただ高雄丸を箱館まで回漕しろとお頼みをうけ、何んにも知らずに乗りつけましたものでございます。
三郎助　ちっ、見え透いた嘘を言うな。いや、詳しい話は、五稜郭で承わろう。
榎　本　中島君、君の事だから如才もあるまいが、その「あんだあそん」とかいう英吉利商人に、侮辱を与えた様なことはあるまいな。

三郎助　一旦はこの田島同様、引っ括《くく》ろうかと存じましたが、英吉利「こんしゅる」との間に徒らに事を構えるのも不得策と存じまして、領事裁判へ引渡すまでの間、船内に留め置いてございます。

榎　本　そうか。それでよい。迂闊に外国人に手出しをすれば、越権の譏《そし》りを蒙るからな。

中島恒太郎が、兵隊姿の平山金十郎、小次郎その他を遮り乍ら出て来る。

恒太郎　待て、ならぬと言ったら、分らぬ奴等だ。御多忙の際に、其方らの言分までをお取上げになる御暇はないのだ。今、事を荒立てては、却って不為だぞ。

小次郎　退いて呉《け》れ。どうでも、五稜郭へ行って一談判せにゃなんねえ。

大　塚　騒々しい。どうしたのだ。

三郎助　おう、恒太郎、何とした。

恒太郎　父上、実は——いや、副総裁閣下がこれに居られる。さあ、お咎めのない内に、引揚げい。

榎　本　何奴だ。

平　山　（進み出て）新徴民兵平山金十郎と申す者にございます。ちとお願いの筋があって、推参いたしました。

三郎助　恒太郎、手ぬるいぞ。そやつ等を閣下のお目通りから引き退《さ》げい。

榎　本　中島君、ここはいい。君はその者を本営に連行せい。

三郎助　はっ。（田島を促して、去る。）

平　山　拙者は、父の代に、亀田村新田開発の功によって、郷士にお取立てにあずかりましたが、御幕府蝦夷地御差配にも、また薩長方の府庁お取建の御施政にも慊《あきた》らず、屢々徒党を語らって下民塗炭の苦しみを救おうと企てておりましたところ、この度、徳川にも薩長にもあらざる脱走方の御新政に際会し、拙者ら多年辛酸の功現われて、始めて天日を仰ぐ心地が致しました。

榎　本　うむ。それで。

平　山　申すまでもなく、蝦夷地御差配歴代の宿弊は、漁場請負人の制度にあり、この改廃こそ刻下の要務と愚考いたします。この度の御新政に於きましては、下民の難儀を取り除き、上下合一を図るために、従来の「訴訟箱」というような名実件わざる姑息手段を廃して、下々に対し、上役人選挙の道を開く手始めと致して、民兵御取り立てに相成ると承わり、拙者もこれなる小次郎ほか数人の者と進んで御徴募に応じました。

榎　本　うむ。

平　山　しかるに、本日市中御巡見に於いて、選挙人の格式は士分以上、また新徴民兵を士分に御抜擢あるのも、遠い先のことのように、辻々に御布告あった由を承わりましたが、それでは拙者ら多年の宿望も水の泡と相成ります。

大　塚　ふん、それで、今直ぐ其方等を士分に取り立て、役人公選の数に加えろと言うのか。

平　山　左様にございます。

小次郎　そりゃあ、わしらあ、生れ落ちるとからの漁師だが、それでも命を的に今度の御政道を盛り立てようという心は、お侍と何んの変りもありゃしねえ。まして、この平山様は、とうに苗字帯刀を許された御身分だ。直ぐにも合議の席へ出て、漁場請負人の憎い仕打ちをあばき立てて貰わねえじゃ、村の者が怨みの的の昆布や鰊の一手買いの悪法は、何時まで経っても改まりゃしねえ。どうでもこれが許されなけりゃ、おらあ、こんな窮屈袋は脱ぎ捨てて、も一度村さ引返して、皆の衆と番所へ押しかけ、一気に埒を明けてやるだ。

平　山　これ、小次郎、言葉が過ぎるぞ。

大　塚　控えろ、無礼者。

榎　本　「かぴたん・ぶりゅーね」。この場の処置を如何に裁いてよろしいか、御指図を仰ぎます。

舞台の蔭から、お竜のけたたましい叫びごえが聴える。

お　竜　「あんだあそん」、「あんだあそん」、危ない。（息を切らして花道から駆け出して来る。居留地の木戸にしがみついて）明けて下さい。明けて下さい。「あんだあそん」が、追われています。さ、さ、早く。（番兵、木戸を明けにかかる。）明けて下さい。

「あんだあそん」、花道の途中まで出て、空中に向って一発、空弾を撃つ。ぬき身で追って来た佐七が、銃声にひるむ間に、お竜と二人、すばやく木戸のなかへ逃げ込む。

佐　七　うぬ、畜生、逃がすものか。

木戸へ走り寄ろうとするところを、小次郎、平山が取り押える。

小次郎　待て、危ない。
平　山　佐七、血迷ったか。落ちつけ。気を静めい。
佐　七　離して、離して。畜生、殺してやる。殺してやる。
お　竜　（柵の中から）はははは。佐七、どうだい、口惜しいかえ。この居留地まで来られるものなら来て御覧。まあ、その顔は何だろう。
佐　七　畜生、畜生。離してくれ。離して。
平　山　佐七、気を静めい。今は、吾々民兵にとって大切な時だ。軽はずみな真似を致すでない。
お　竜　佐七、お前はね、あたしがお前を「あんだあそん」に見かえたのを根に持って、柄にもない兵隊なんか志願してさ、それであたしに意趣晴らしをしようなぞと、大それた考えを起したのだろう。お生憎だが、「あんだあそん」は、お前みたいな平兵隊が指一本さすことは出来ないんだよ。
佐　七　畜生、残念だ。（匕首を投げつけて泣く。）
お　竜　「あんだあそん」、さ、行きましょう。（二人、腕を組んで去る。）
榎　本　（最前から「ぶりゅーね」と私語していたが）平山、この態《てい》を見るがよい。たとえ密輸入者であれ何であれ、外国居留人は、治外法権の掟によって、吾々すら裁く事が出来ぬのだ。それを、平兵士の、しかも新徴組の分際を以て、危害を加えようなぞとは、以ての外の気違い沙汰。かような不心得者の出る限り、今すぐ民兵を士分に取り立てる事なぞは思いも寄らぬ。しかしだな、無論、お前方の望みに対しては、折を見て然るべく取計らってつかわすから、まあ急《せ》かずに時機を待つのだ。よいか。わっははは。

小次郎 （佐七を打つ。）莫迦め、莫迦め、おぬしが恋に心狂って、見境いのない真似をしやがるから、平山様やおら達の苦心は、みんな無駄になっちまったぞ。莫迦め、莫迦め、ちったあ身に染みて考げえろ。（泣きながら、打つ。）この野郎、この野郎。

住吉丸の松五郎が、群集に取り巻かれて出て来る。

松五郎 さあ、みんな、寄って来い、寄って来い。（左手の米蔵の戸を開いて、米俵を抛り出す。）小林屋の檀那はな、おめえ達の難儀につけ込んで、米の買占めをするような、あたじけない真似はなさりゃあしねえ。籔睨みのお役人め、とんだ感ちがいをしていやがるのだ。いいか、うちの檀那はな、今度の戦争騒ぎで、町方の者は食うや食わずの有様だから、たんと米を仕込んどいて、お前達に施そうてんだ。貧乏人の台所を賑わそうてんだ。さあ、持ってゆけ、持ってゆけ。（米俵を抛り出す。）お上で今に配るような南京米の砂まじりじゃねえ。さあ、持ってゆけ。（米俵を抛る。）

群集、わあーっと叫んで米俵に取りつく。

恒太郎　控えい。（松五郎の襟上をつかむ。）
大　塚　静まれ、人民共。この米俵に指一つ触れては相成らんぞ。其方《そのほう》等には、仏蘭西貿易人の手を通じて、お上から糧米を下し置かれる。さあ、引取れ。
小次郎　（佐七を打つ。）莫迦め、おら達が兵隊になったのは、そんなちっぽけな料簡からではねえんだど。莫迦め、莫迦め。

平山、小次郎を留める。
榎本、茫然と立ちつくす。
「ぶりゅーね」、吸いかけの煙草を地べたへ叩きつけ、「かずぬーぶ」を促して早足に去る。

――幕――

四之巻　薩長箱館攻

資料

この地には、幕軍の施設したる箱館病院があり、敵味方を問はずして治療して居ったので、我国に於ける赤十字病院の嚆矢である。然るに、勢に乗じたる官軍は、此病院に乱入した。

——幕末外交物語——

賊ヨリ港内海底ニ綱索ヲ張リテ官艦ノ進入ヲ妨害セシヲ以テ港内碇泊ノ和船（中略）住吉丸（中略）ノ水夫ヲシテ其切断ニ従事セシム。

——防長回天史——

人物

小林屋重吉　箱館海産問屋。英吉利貿易。
福島屋嘉七　同前。仏蘭西貿易。
居留地お竜　重吉の娘。英吉利密偵。
住吉丸の松五郎　小林屋持船の船頭。

築島の蓮蔵　小林屋出入の船鍛冶。
永井玄蕃　蝦夷実権政府箱館奉行。弁天台場戍将《じゅしょう》。
土方歳三　おなじく陸軍奉行並。
高松凌雲　箱館病院長。
大塚鶴之助　総裁附人。
中島三郎助　大町弁天町警固役。
中島恒太郎　その長男。おなじく。
大野弁之助　砲兵差図役。
奥山八十八郎　病養人。
大橋大蔵　同前。
中川梶之助　元五稜郭府庁役人。
かぴたん・ぶりゅーね　仏蘭西軍事教官。
ふおるたん　同前。
平山金十郎　新徴民兵。
小次郎　同前。
佐七　同前。
多五郎　同前。多九郎の甥。
その他、中島隊士、薩長兵（隊長、隊士）、医師、新徴民兵、南京人など。

舞　台

明治二年五月中旬。
蝦夷箱館市中。

状景、第一幕に同じ。前者が、八幡祭礼中の華やかな装飾に埋められていたのに対して、この幕は、すでに脱走方が、薩長征討軍の重囲に陥った後のことで、市中は人家みな戸を鎖し、港口からの軍艦の攻撃によって、住民はおびえ切っている。夏の日の暮れ方。

幕あく時、舞台空虚。砲声。近くの海面へ落ちる砲弾の音。すぐ右手から、仏蘭西軍事教導団士官「かぴたん・ぶりゅーね」「ふおるたん」の二人が、出て来る。

ふおるたん　おう、敵艦の砲撃が、いよいよ激しくなって来ましたな。

ぶりゅーね　うむ、味方の軍艦は、回天も蟠竜も蒸気汽関を撃ち抜かれて、運転の自由を失ったのだ。（海上を指さして）そら、見たまえ。二艘とも洲崎へ乗り上げ、浮砲台となって応戦している。――畜生、薩摩方の甲鉄艦、春日丸の後ろに、そら、英吉利巡洋艦「べーる」号が、悠然と控えておるぞ。ようし、今に覚えておれ。

再び砲声。

ふおるたん　（「ぶりゅーね」を引き止めて）「かぴたん・ぶりゅーね」、とても、高竜寺分院へ回り道をしていては、間に合いません。情に於いては忍びませんが、入院中の「かずぬーぶ」君の救助を断念して、この儘海上へ避難しましょう。

ぶりゅーね　莫迦を言え。薩長方が箱館に乗り込んで来た場合には、勿論、野蛮人どもは、病院へ斬り込むだろう。そのあとから、仏蘭西教官の屍骸が発見されれば、またぞろ英吉利に絶好の口実を与える事になる。是非とも「かずぬーぶ」君の身柄は救い出さなけりゃあならん。

ふおるたん　いや、とても絶望です。

ぶりゅーね　駄目だ、「ふおるたん」君。榎本の擁立に失敗した今となっては、吾々は一刻も早く、薩長南軍へ款《よしみ》を通じて、奴らの跳梁跋扈《ちょうりょうばっこ》に備えなけりゃならん。そのためには、吾が仏蘭西が五稜郭軍に援助したという一切の証拠を湮滅する事が肝腎だ。「かずぬーぶ」君を置き去りに出来るものか。

ふおるたん　しかし、もう今となっては、吾々が逃げ伸びられるかどうかさえ――

ぶりゅーね　仏蘭西軍人は、あらゆる場合に、希望を失っちゃならん。吾輩の指図だと思うな。「なぽれおん」陛下の厳命だと思え。さあ、行こう。

二人、左手へ行きかかるところへ、大町弁天町警備中の中島三郎助、恒太郎の二人が、ばらばらと出て、行手を遮る。

三郎助　何奴だ。
恒太郎　待て。
ぶりゅーね　（動ずる色なく）「ふおるたん」君、応待したまえ。
ふおるたん　はい。——吾々は、仏蘭西軍事教導団の士官です。
恒太郎　何処へ参られるな。
ふおるたん　ええと、敵海軍の箱館惣攻めに対して防禦戦術を打ち合わせるため、高竜寺入院中の同僚を訪ねます。
三郎助　「かずぬーぶ」士官をか。しかし、「かずぬーぶ」士官は、左肺の貫通銃創で出血過多のため、意識不分明の病態にあると聞いておる。これは無論御承知と思うが、その重症で、大事の防禦戦術が練れますかな。
ふおるたん　いや、それは——

恒太郎、三郎助の耳へ何か囁く。

ふおるたん　いや、吾々は私用ながら、是非とも「かずぬーぶ」士官に面会の用があります。（衣兜《ポケット》を探って）さあ、これを進呈するから通して下さい。仏蘭西金貨だ。

三郎助　何を、莫迦な。
恒太郎　（呼子を吹く。）
ぶりゅーね　（矢庭に、短銃を身構えて）野蛮人、この筒先が見えんか。
三郎助　おうっ。（思わず、身を引く。）

仏蘭西人ふたり、脱兎のごとく左手へ駈け去る。

恒太郎　胡乱《うろん》な奴等だ。父上、追い縋《すが》って、叩き斬りましょう。
三郎助　待て、早まるな。紅毛人の「ぴすとる」に倒れては、犬死だ。どうで、かの輩には、日本武士の魂は分かるまい。相手にするな。捨てて置け。

呼子の音を聞きつけて、守備隊兵、集まって来る。

三郎助　いや、何事もなかった。銘々、部署に帰れ。

守備隊兵、再び散る。海上に炎々たる焔が上がる。

三郎助　（見て）おう、蟠竜丸も回天艦も火を発したな。では、いよいよ弾丸を撃ち尽して、船体を焼き捨てたのか。

恒太郎　いよいよ、敵方の陸揚げも間近ですな。

三郎助　なあに、港口《みなとぐち》には大綱を張りわたして、「とるへーと」という水中雷火が一めんに敷設いたしてある。容易なことで、奥港《おくみなと》に進入出来るものか。

恒太郎　しかし、父上、万一、港口が敗れた際に、箱館市中で乱軍の裡に討死にしては、ただ屍《しかばね》を、薩長鼠賊の泥草鞋《わらじ》に踏み躙《にじ》られるばかりで、何の手柄にも功名にも相成りませぬ。もしこの恒太郎が、雑兵にもひとしい討死を遂げた時には、浦賀に残した母上の御嘆きは、思うだに胸塞がる心地が――

三郎助　言うな。所詮は、我々親子の武運が拙《つたな》いのだ。

お竜、英吉利好みの異人服に面紗を被って、花道から駈け出る。

恒太郎　待て、何奴だ。

お　竜　（鼻の先に紙切をつきつけて）ごらん。居留地発行の手形だよ。

恒太郎　うむ、何処へ参られるな。

お　竜　つい其処の小林屋まで。（中島親子を尻目にかけて、小林屋の前へ走り寄り、大戸を叩く。）明けておくれ。明けておくれ。わたしだよ。お辰。聞えないのかえ。（なかから潜りを開ける。お竜の姿、消える。）

恒太郎　父上、今頃、母上は何をしておられましょうな。日もすがら、奴《やっこ》鰐平と共に裏の痩せ畑を耕やされ、今頃は、灯心の火を掻き立てて、家門の恥をも厭《いと》わず、他人の衣類に手をかけておられましょう。

三郎助　恒太郎、あまりくよくよと心を痛めて、大事の勤めを怠り、不覚の死にざまをしては、いよいよ恥の上塗りだ。さあ、気を引き立てて、警備の任に当ろう。

恒太郎　はい。

二人、小林屋の裏へ、姿を消す。暮色せまる。

土方歳三、右手から血相をかえて、あわただしく駈けて出る。すぐその跡から、大塚鶴之助が追い縋って、呼び留める。

大　塚　土方氏、お待ち下さい。

土　方　何者だ。

大　塚　総裁附人大塚鶴之助にございます。

土　方　ふむ、榎本の腰巾着が、何用あって、追って参った。

大　塚　最前、仏蘭西軍事教官逃亡の報らせにつき、殊の外にご立腹あって、単身、箱館市中へ御出馬と聞き、取るものもとり敢えず、お跡を追って参りました。

土　方　うむ、かねて不信の輩とは存じおったが、吾が党危急存亡の際に逃亡を企てるとは、沙汰の限りだ。

大塚　土方氏、すでに、敵方の箱館進入も間近と思われます。この乱戦の際とは申し、五稜郭陸軍を統率せられる大切の御身に万一不慮の事あっては、惣軍の士気にも拘わります。匆々本営へ御引上げある様、榎本総裁、大鳥陸軍奉行御両所から強《きつ》い御申出にございますぞ。

土方　榎本や大鳥が何んと言おうと、この土方は、再び本営の土は踏まん。立ち帰って、左様、言い伝えい。

大塚　では、市中に於いて必死の御覚悟にございますか。

土方　そうだ。土方の遺言として、しかと申し伝えい。榎本や大鳥の肚の中は、土方歳三、とうの昔に看破いたしておるぞ。このたびの従軍とて、きゃつ等は、御運傾く徳川の家の御先途を見届けようという心など微塵もないのだ。僅かばかりの蘭学洋書の知識を、何か無上の特権のように心得、これ見よがしに振りまわして、薩長方の全国号令に幾分なりとも妨害を加え、よい加減に手古摺《てこず》らした揚句、やがての末におのれ等の新知識を値《ね》をよく新政府に売りつけようと言うのだ。

大塚　土方氏、御言葉が過ぎますぞ。

土方　それに引きかえ、この土方はどうだ。今にして、土方歳三は、莫逆《ばくぎゃく》の友近藤勇が、既に天命竭《つ》きたりと総州流山《ながれやま》で甘んじて敵の縄目を受けた心中が、始めてひしひしと肺肝に応えて会得が参った。生き残った土方は、三国一の大たわけだ。近藤にせよ、土方にせよ、剣を執っては天下に双《なら》びなき豪の者だが、外国伝習の兵術が蔓《はびこ》ると共に衆人の心服は、やがて嘲弄と変り、時世に遅れた莫迦者と呼ばれ、ついには除け者扱いさえされ兼ねぬのだ。

砲丸一弾、近くの海中に落下。高い水音。

大　塚　土方氏、御危のうございます。

土　方　えい、卑怯者め、大砲玉が怖ければ、市中へなど這い出るな。よいか、この土方の鍛え上げた腕を見込んで、氏素姓なき壬生《みぶ》浪人を破格の恩典を以て旗本に取り立てられたのは、京都守護職、会津中将だ。それゆえ、土方は心魂に徹して、徳川の御恩を忘れぬ。たとえ徳川の政道が文明開化に逆しまに引き戻し民百姓の怨嗟《えんさ》の声に包まれようとも、土方が忠義を尽すは、ただ徳川のお家ばかり、幾千の不平武士、幾万の民百姓が、おのれ等の分際を忘れ果て、道ならぬ謀反を企てようとも、土方はただひたすらに徳川将軍家御一人の安泰を願うのみだ。立ち帰って、左様、申伝えい。

大　塚　土方氏、そのお言葉を御遺言として申伝える役目は、大塚鶴之助、お引受けが出来兼ねます。それでは、まるで、榎本総裁や大鳥奉行は、海外新知識を以て明治の新政治に二心を通わす事も出来ようが、剣を以て立つ土方氏は、それがかなわぬ故の自暴自棄の御決心のようにも聞えましょうが。

土　方　愚か者奴、この期《ご》におよんでまで、ひがみ根性を捨てておらず、土方の真情を邪《よこ》しまに解釈しおるのか。よし、貴公などには、何も頼まぬ、人面獣心の教官めらを叩き斬るのだ。行けい、うるさく附きまとえば、貴公とて容赦はせぬぞ。（刀に手をかける。）行けい。

大　塚　土方氏。

土方　ええ、行かぬか。莫迦め。（言い捨てて、走り去る。）

大塚、なおも跡を追おうとするところへ、また一弾近くの海面に落下する。思い諦めて、右手へ引き返しかける。砲兵差図役大野弁之助、民兵平山金十郎、小次郎、佐七、多五郎などを引き従えて出て来る。

大野　おう、大塚殿、この辺りで、中島三郎助をお見かけになりませぬか。
大塚　いいや、知らぬ。（去る。）
大野　（舞台の下手まで来て、辺りを見回す。やがて）中島隊長。中島氏。

中島三郎助、恒太郎の二人、小林屋の蔭から出て来る。

三郎助　何用か。
大野　砲兵差図役大野弁之助にございます。
三郎助　おう、大野君。
大野　警備交替仕ります。
三郎助　何。
大野　中島氏、お喜び申し上げる。貴殿は千代ヶ岡台場受持に任ぜられましたぞ。

三郎助　何、千代ヶ岡台場。
大　野　左様、万一、敵方が箱館市中へ進入致せば、五稜郭と弁天台場と千代ヶ岡とは鼎《かなえ》の足の如く、孰《いず》れの首尾が破れるとも、吾が党必死の防戦を全うし難い要害の地につき、此の台場を受持つ戍将《じゅしょう》としては、最前、上長官会議に於て種々銓衡の上、貴殿へ任命の意向定まり、即刻、某、大町弁天町警固の交替を仰せつけられました。匆々、千代ヶ岡へ御出張の上、委細の事は、別に本営から送られる使者の口より御聴き取りある様にと、大鳥奉行殿御伝言にございます。
三郎助　左様か。して、恒太郎は。
大　野　御同行下さる様に。
恒太郎　おお、父上、何時かは、吾々の苦衷も必ず酬いられる時があると存じましたが。
三郎助　うむ、さすがに榎本総裁は、部下の心中を鏡の如くに見抜いておられる。五稜郭本営に榎本総裁、弁天台場には永井箱館奉行、しかも其に対し、三郎助ごとき老骨に、千代ヶ岡の防備を委ねられるとは、いや、これに上越す面晴《めんば》れはない。恒太郎、この御抜擢に対して、吾々親子の執るべき道は唯一つだ。さあ、勇んで参ろう。（呼子を吹く。）
恒太郎　父上、せめて浦賀が小樽ほどに近ければ、必ず母上に、この吉左右《きっそう》を――
三郎助　うむ、いや、千里を距てるとも、いずれは吾々の花々しい最期が、かれの耳にも伝えられよう。――

守備兵、集まって来る。

三郎助　中島隊集まれーっ。直ちに、千代ヶ岡台場に向う。左向けーっ、左。前へーおい。大野君、御免。

二人、喜び勇んで、兵卒と共に右手へ去る。砲声。

大　野　民兵共、高竜寺門前から貿易会所前、称名寺までの往復を、最前割当の如く三隊に分かれて交互に巡邏《じゅんら》せい。港口の固めが破れ、敵方上陸致すまでは、決して銃火を発してはならん。弾薬を大事にせい。よいな、開け。

民兵、それぞれに隊伍を組んで、三方へ散る。
日、全く暮れて、人家の閉した窓から灯し火が僅かに洩れ始める。砲声、つづく。
小林屋の潜り戸を明けて、重吉、住吉丸の松五郎と簗島の蓮蔵を押し出す。

小林屋　（見廻して）幸い人影も見えぬ様子だ。松、今の間《ま》に、早く行け。
松五郎　檀那、なんぼ何でもそりゃあ余《あ》んまりの無理難題と言うものだ。この厳重な見張りのなかへ漕ぎ出しゃあ、港口は愚か、改め所の前までも行き着かねえうちに、船ごと虜《とりこ》になっちまいまさあ。
蓮　蔵　ほかの事なら、ともかくも、このお吩咐《いいつけ》ばかりゃ、御勘弁を願いたいんで。

小林屋　たわけ奴、日頃てめえ等に眼をかけてやったのは、こういう時に働いて貰いてえからだ。無慈悲な様だが、てめえ等ばかりをやりはせぬ。現在の娘を一つ船に乗せて出そうと言っているのだ。薩長方に忠義を尽すのは、今この時だぞ。（潜りから覗いて）お竜、支度はいいか。早く出て来い。

松五郎　それに、檀那、よしんば綱のそばまで漕ぎつけたところで、樽の中あ頗《すこぶ》るつき剣呑《けんのん》な代物でさ。潮の加減で押し流され、もろに舳でもぶつけようもんなら、舟諸共に木ッ端微塵だ。檀那、こいつばかりゃ、思い返してお呉んなせえ。

お　竜　（潜りを出て、松五郎の哀願する様を、じっと見ていたが、急に）はははは。

小林屋　叱っ。静かにせぬか。

お　竜　松つぁん、お前、幾年船頭をしておいでだえ。男のくせに、何て態《ざま》だい、ええ。漕ぎ出す途中で見咎められる分にゃ、あたしが巧く言い抜けて見せるよ。居留地の手形が物を言うから、滅多な手出しが出来るものか、それから先は、お前の領分じゃないか。毎年二度ずつ神威《かむい》の難所を、お前、伊達に乗り切っちゃいないのだろう。ええ。さ、行こうよ。

蓮　蔵　お竜さん、口で言うなあ造作はねえが、あの大綱を切り流して、軍艦の通り口を明けるてえなあ、どうして容易な——

小林屋　やい、二人共、たって厭なら、頼みやしねえ。その代り、薩長方の天下になっても、てめえ等にゃ鼻もひっかけちゃあやらねえから、その積りでいるがいい。

松五郎　そ、そりゃ、檀那、あんまり邪慳というものだ。

小林屋　やい、松、てめえもおれも、米買占めの一件から、五稜郭の御役所でどんな眼に遭わされたと思うのだ。てめえは、脱走方に恨みはねえのか。いやさ、憎くねえかと言うのだ。
松五郎　そりゃあ、檀那——
お　竜　（右手を見込んで）いけない。巡邏兵だよ。（一同を促して、潜りに身を隠す。）

右手から、大野弁之助が多五郎と出て来る。砲声。海へ落ちる砲丸の水音。

大　野　みろ、「とるへーと」に遮られて、敵艦からは、中々、市中へ打ち込めぬのだ。まだまだ奥港へは寄りつけまいて。
多五郎　そんで、今のお話の三嘉保丸が鹿島灘で沈んだ跡、丹精籠めて作らしゃった大砲玉は、ものの役に立たなかったちうのだか。
大　野　うむ、材料は不足するし、火薬も種が悪いしな、大事の鷲ノ木陸揚げの間際に、運わるく不発弾が出たもので、榎本総裁の御不興を被《こうむ》ったのだ。それが無ければ、今交替した中島三郎助ごときに、功名を出しぬかれる某ではないのだ。
多五郎　なるほどなあ。
大　野　いや、朋輩を嫉むのでも恨むのでもないが、一度仕損じたら、決して二度とは信を置かれぬ榎本総裁の狭量が、恨めしいのだ。

佐七ひとり、左手から出て来る。

大野　佐七、その方一人か。
佐七　はい。小次郎が草鞋の前緒を切って、高竜寺の門前ですげ換えておりますので。
大野　そうか。気をつけて参れ。（擦れちがう。多五郎に）でなあ、どうで吾々の命も長いことではない。恨むまいとは思いながらも――（二人、左手へはいる。）

佐七、右手へ巡邏してゆく。去る。

お竜　（再び潜りから、顔を覗かせる。辺りに気を配りながら出る。後ろを向いて）もう大丈夫だよ。さあ、松つぁん。今の間に早く行こうよ。（出て来た松五郎、蓮蔵に）何だねえ、いくじの無い。英吉利領事館から褒美の金がたんと出るのだよ。さあ、行こう。樽の綱を切り流す前に、間違って雷火にかかったら、三人ずれの相対死《あいたいじに》で、いっそ洒落《しゃれ》ているじゃないか。あはははは。
小林屋　（潜り戸から）これ、声が高いというのに。

佐七、笑いごえを聞きつけ、小走りに引きかえし、闇をすかして様子を覗《うかが》う。

お竜　松つぁん、さあ、自烈《じれっ》たい人だねえ。おいで。（高札場の方へ行きかける。）
佐七　（走り寄って前に立ち塞がる。）待てっ。

小林屋　（すかし見て）や、佐七だな。（潜り戸を強く閉め切る。）

松五郎、蓮蔵、戸を立て切られて、逃げ場を失う。

佐　七　何者だ。や、お竜様か。

お　竜　まあ、お前か。（驚く。）

佐七、無言のまま、銃を投げ捨て、刀の柄に手をかける。

お　竜　（眼を釣り上げ、上ずった声で）まあ、そのような怖《こわ》らしい顔をして人を睨まずに、あたしの言うことをよくお聞き。――佐七、お前は恨んでおいでだろうが、あたしもお父つぁんに無理強いに強いられて――いいえさ、高雄丸の時だって、お前が乱暴を働くから、ただ「あんだあそん」を居留地へ逃がそうと思ったばかりだよ。いいえ、嘘を言いやしない。あたしは、ほんとに殺生なことをしたと思っている。お前、あのお蔭で一度は兵隊牢屋へも入れられたってねえ。――ま、お待ちというのに、それじゃあ、佐七、お前、「あんだあそん」を殺したいなら、あたしが手引きをして上げる。

松五郎　（小声で）蓮蔵、やっちまおう。

蓮　蔵　（留めて）駄目だ。向うは、こいつ一人じゃねえ。

お龍　いいえ、お待ちというのに。さ、さ、さ、これを上げる。居留地の手形だよ。これを持てば、お前でも自由に入ってゆける。さ、これを持って「あんだあそん」を殺しにおいで。（手形をつきつける。）

佐七　（思わず引き入れられて）何。居留地の手形。どら。（うけ取って、手形を闇に透かして見る。）

お竜、咄嗟に匕首を抜き、佐七の脾腹を衝く。佐七、不意をうたれて避ける隙なく「わあっ」と叫んで反《の》けぞる。その口に蓋をして——

お竜　さ、お前たち、今の間に、早く、早くっ。

松五郎　うむ、こうなりゃあ、破れかぶれだ。英吉利領事の褒美を目当てに、のるかそるか、やっつけよう。

蓮蔵　よしっ。（二人、闇に紛れて、舞台奥へ走り去る。）

お竜、佐七ががっくりとなったのを見澄ましてから、目立たぬ様に高札場の前まで引き摺って行き、置き去りにして二人の跡を追う。やがて、遠い櫓の音。小林屋の二階の窓の戸を細目に開けて、重吉が遠目金で海上をうかがい見る。

左手から、大野弁之助と多五郎が出て来る。二階の窓、しまる。

多五郎　隊長、それは間違いねえだすべな。
大　野　うむ、確かだとも。某がこの目で見たのだからな。総裁閣下を海賊と罵ったかどで、土方歳三に斬り伏せられたのだ。
多五郎　だども、わしの家さ、叔《おっ》つぁんの髪の毛と仕事着を遺品《かたみ》に届けて呉んされた侍衆は、仙台領の気仙之間《けせぬま》で、海賊船さ虜になっていたうちに、寅蔵も多九郎も殺されたのを、船と屍骸だけ取りかえしたちうて、はっきり伝えたけんどもなあ。隊長、ほんとだべか。間違いねえだべか。
大　野　ほかの事とは訳が違う。誰が偽りを申すものか。
多五郎　それが本当だとしりゃあ、おらあ、叔父の命をとった敵《かたき》の手下になったのと変りあしねえ。そうか。そんでは、みんな拵え事だか。

左手から、小次郎が佐七を探しながら出て来る。

小次郎　隊長、佐七を見なかったべか。
大　野　うむ、今し方会った。一人で巡邏しておったぞ。

砲声、水音。
小次郎、辺りを見廻し、やがて倒れている佐七を見つける。

小次郎　おお、佐七、何とした。しっかりしろ。（傷を調べて）隊長、佐七がこの通りだ。
大　野　何。（傍へ走り寄る。）
多五郎　そうか。そんでは、みんな作り事だが。
小次郎　（手負いを抱き起して）佐七、気を確かに。どうしたのだ。ええっ。
大　野　（呼子を吹く。）

金十郎、その他の民兵、馳せ集まる。

平　山　（佐七のそばへ寄って）おう、佐七、手を負ったか。訳を話せ。口が利けぬのか。
佐　七　（眼を開いて）平山様か。面目次第もございませぬ。
小次郎　おう、気がついたか。
平　山　どうした。
佐　七　お竜――お竜様が。
平　山　何。小林屋の娘が。
佐　七　はい。すぐに――すぐに人を呼べば、よかったものを――ついした心の緩《ゆる》みから――
平　山　お竜に、手を負わされたと言うのだな。
佐　七　（頷く。）
平　山　で、何処へ参った、小林屋の娘は。

佐　七　松五郎と言う船頭を連れて――あ、あっちへ――
大　野　何。海へ出たのか。

砲弾、つづけ様に二三発、土煙りを立てて近くに落ちる。

大　野　(海上を見て) おう、敵の甲鉄艦が、大ぶ近寄って参ったな。おう、見る間に奥へ乗り入れて参ったぞ。やっ、さては港口が破れたな。
佐　七　隊長、港口が――港口が破れましたか。
大　野　うむ、弁天台場が、懸命に応戦しておるぞ。

砲弾、近くへ落下、土けむり。

佐　七　平山様――お――おゆるし下さい。港口を破ったのは、佐七が手を下さないばっかり。佐七は死んでお詫びを致しまする。佐七が、民兵に応じましたは、ただお竜様を見返したい、「あんだあそん」を殺してやりたいと一途《いちず》に思い詰めた心から――平山様、われわれ漁師風情には、一生かかって、人ひとり殺すことさえかないませぬ。まして、このような無力の者が、たとえ一村一浜心を合わせたとて、お上の御政道へ楯つくなどとは、思いも寄りませぬ。小次郎、村の衆にそう伝えてくれ。(その儘、再びがっくりとなる。)

小次郎　莫迦め、何を言いやがるのだ。
平　山　佐七、もう事切れたか。

砲弾、近くへ落下。

多五郎　平山様、おらあたった今、隊長から聞いたけんど、おらがの叔父は鷲ノ木港《みなと》で、脱走方に殺されているだ。おらあ、何んにも知らず民兵隊に出たけんどなあ、それを聞いては、もうどうしてええか分かんねえ。薩長のやり口では、村の衆の難儀は救われず、今度の五稜郭方が、こうして下々の面倒を見てくれるかと思やあ、それは、おらがの叔父の敵《かたき》だ。平山様、おら衆は、いってえ、どうしたらええだ。ええ、何時になったら心が休まるだ。
小次郎　莫迦いうな。やり抜くのだ。どこまでも強くぶつかってゆくのだ。どうで上役人《かみ》とおら達とが、仲よく一つに固まることあできやしねえ。たとえ、おら達が民兵から侍分になったとしても、うかうか心を許していりゃあ、すぐにも下へ蹴落とされる。殺されるのは、てめえの叔《お》つぁんばかりではねえ。一っ時も心は許せねえのだ。またおら達がこの戦さに負けて、侍分になりそくねても、そんときにゃ村さ帰って、新規撒直《まきなお》しに出直すまでだ。こんな分かり易い道理が、どうしておめえ等にゃ呑み込めねえのだ。いいか、漁場取り締りの悪法をどうでも取りやめて貰わにゃあ、仲間の難儀は救われっこねえのだぞ。
多五郎　この佐七の死にざまを見るがええ。おらあ、もう争いが厭んなった。厭んなった。こんな切ねえ思いをしねえで、村の衆を助ける工夫はねえだべか。なあ、平山様。

平　山　（黙然と聞いている。）

砲弾落下。喇叭の音。

大　野　おお、喇叭だぞ。いよいよ敵方の陸揚げが始まったな。さあ、民兵共、ついて来い。召集に遅れれば、懲罰を蒙るぞ。

一同、大野に促されて、気を取り直し左手へ去る。砲声近くなる。急に、豆を煎るような銃丸の音。官軍の軍楽、鬨《とき》の声。
やがて、脱走方の熟兵民兵が、薩長陸揚げ隊の鋭い切っ先に追いすくめられ乍ら、、舞台を左から右へ退却してゆく。
つづいて、土方歳三、銃隊の筒先に囲まれ乍ら、出てくる。

隊　長　憚《はばか》りながら、土方歳三殿とお見受け致す。御覚悟召されい。

土　方　うむ、如何にも拙者は、土方だ。各重囲に陥る上は、逃げも隠れもせぬ。さあ、誰からでもよい、斬って参れ。和泉守兼定二尺九寸の斬れ味を見せて呉りょう。

隊　長　構わぬ。撃て。

土方　待て、卑怯者。この土方の首級《しるし》を挙げたいならば、ただ尋常に勝負せい。それとも、薩長の腰抜け侍のなかには、この切っ先を受けとめるほどの、手剛《ごわ》い奴は一人もおらんのか。はははは。

隊士の一人　よし。土方殿、御免。（飛び出す。）

土方　何を小癪な。

白刃数合、忽ち、土方に斬り伏せられる。

土方　ははは。さあ誰でも来い。

隊長　構わぬ。撃て。

土方　待てい。飛道具とは卑怯千万の奴だ。腕で来い。腕で。

隊長　撃てい。撃たんか。

土方　卑怯者奴。（筒先を逃れようと踠《もが》く。）

銃隊、一斉に射撃する。

土方　（銃丸を切り払うように、縦横無尽に刀を振り回す。）飛道具とは、卑怯だぞうっ。

全身、蜂の巣のようになって、虚空をつかみ、大木の如く撞《どう》と倒れる。隊長、土方の首級を挙げ、屍体を取り片づけ、隊士を督励して右手へ去る。
お竜、松五郎、蓮蔵の三人、舞台奥から出て来る。松五郎は、髪を散らし、素裸に刺青《いれずみ》を見せている。

お　竜　（佐七の屍骸を見て）いい態《ざま》だねえ。
松五郎　ええ、邪魔っけだ。（物蔭に、屍骸を蹴り込む。）

三人、小林屋の戸を叩く。

小林屋　（潜りを出る。）おお、お竜、無事だったか。
お　竜　当り前さ。この大仕事を、誰が仕損じてたまるものかね。
小林屋　おお、松、蓮蔵、おれぁ、今日という今日は、心底おめえ等に礼を言うぞ。これで、薩長の勝ち戦に極った。再び薩長方の支配地となりゃあ、英吉利貿易は大繁昌、小林屋の見世は万代不易だ。ははは。福島屋の泣きっ面が目に見えるようだな。
松五郎　檀那、骨が折れたの何んのって、こんな苦しい眼に遭ったこたあねえ。小樽一揆の斬り込みなんざあ、これに較べりゃ、子供だましだ。
蓮　蔵　すっかり喉がひりついちまった。
小林屋　やあ、催促か。奥に用意は整えてある。さあ、へえって呉れ。有難てえ、有難てえ。これでもう、胸糞のわるい俄か兵隊のしゃっ面《つら》も、見ねえで済もうと言うものだ。

砲声、土けむり。

松五郎　えれえ事、撃ちやがるなあ。
小林屋　なあに、焼かれたって構うものか。薩長方から市中の者へ五万両の手当が出るそうだから、その内一万ぐれえは、おれが独り占めにして見せる。

一同、潜りの中へはいる。
砲声。銃声。喚声。
脱走軍、必死の勢いで盛り返して来る。
官軍算を乱して、左手へ逃げ込む。
半鐘の音、左手の空が赤くなる。
高松凌雲、医師一人を従えて走り出る。

高　松　（ふりかえって）この風向きでは、所詮、高竜寺は類焼を免れまい。うむ、小林屋だな。ここへ談判して、一時、傷病人を収容しよう。頼め。
医　師　はい。（小林屋の大戸を敲《たた》く。）もし、お頼み致します。お頼み致します。（返事無し。）

左手から、白旗を掲げた薩長の警備兵に守られて、永井玄蕃、出て来る。

高　松　おう、永井君、この態《てい》は、何とせられたのだ。

永　井　唯今、弁天台場へ、降服談判の使者が参ったについて、五稜郭へ和議談合のため罷《まか》り越します。

高　松　して、その結果は、和戦いずれに傾きましょう。

永　井　恐らくは破談と存じますが、榎本総裁には、また吾等の窺い知らぬ遠謀深略もあろうかと心得ます。

高　松　永井君、万一、軍議が和談に傾く場合には、箱館病院の処置について、宜しく御配慮を煩わしたく存じますが。

永　井　心得ました。

この前に、福島屋嘉七が物蔭から出て、右のやりとりを聞いている。

福島屋　（進み出て）永井様。お願い申しまする。

永　井　おう、福島屋か。

福島屋　はい。福島屋一生のお願いにございます。どうぞ、この儘、弁天台場へお引き返し下さいまし。降服とか和談とか申すことは、一切御無用になされて、一っ時も早く、あの憎らしい軍艦奴を、津軽の南へ追い帰して下さいまし。

永　井　ははは。それは、其許《そのもと》が申すまでもなく、吾が党の一統は誰しもそう願わぬではない。しかし、既に味方は軍艦を焼かれ、台場から打ち出す弾薬にさえ不自由を致しておる有様でな。

福島屋　では、いよいよ脱走方は腰が折れて、一生懸命御奉公を励んだこの福島屋を始め、仏蘭西貿易人、五稜郭御用掛りの商人《あきんど》仲間をふり切って、芋侍に降参をなさるのでございますか。ええ、それは無法だ、没義道《もぎどう》だ。この福島屋は、薩長の軍艦に幾艘廻船を沈められ、どれほどの貿易荷物を海へ捨てたか知れませぬが、その莫大もない損を忍んで、きょうまでは一心不乱に、脱走方の御指図通り商売をいとなんでおりました。それを今さら振り捨てられては、手前の家など、見世を締めるほかはござりませぬ。もし、永井様、お慈悲でございます。あの強欲非道な小林屋などに、またぞろのさばり返られぬよう、どうぞ和睦などいう事は一切やめて、薩長方を追い払って下さいまし。もし、御慈悲でございます。

隊　士　（押し隔てて）こら、人民、妨げを致すな。永井殿、刻限が移っては何かと不都合、お急ぎ下さい。

永　井　はい。高松氏御免。福島屋、いずれ改めてな。（行きかかる。）

福島屋　永井様、それでは手前を見殺しになさるのでございますか。永井様。（追ってはいる。）永井様。

医　師　（小林屋の大戸を叩く。）御頼み申す。誰もおらぬのか。

小林屋　（潜りを明けて）何御用でございますか。
医　師　吾らは、箱館病院高竜寺分院掛りの医師だが、傷病人を一時当家へ避難いたさせたい。危急の際であるからして、特に御承知願いたい。
小林屋　お断わり申します。後の祟りが恐ろしゅうございますからな。
高　松　いや、御存じでもあろうが、当病院は、敵味方の怪我人を双方共に——
小林屋　（遮って）いえ、それでも榎本方の病院は、病院。ほかの家へお話しなさいまし。（戸を閉める。）
高　松　こら、小林屋、待て、聞けと言うに。（戸を叩くが、中からは応じない。）

とかくのうち、大橋大蔵、奥山八十八郎その外脱走方の怪我人、および薩長方病療人二三人が、南京人の手で担荷で運ばれて来る。

高　松　おう、もう担荷が参ったか。
医　師　（戸を叩く）頼む。小林屋、小林屋。
高　松　やむを得ぬ、一先ず担荷をそれへ置け。

砲声。銃声。半鐘。火の手。
脱走方の兵隊、全く隊伍を乱して左から右へ敗走してゆく。大野弁之助も、その中に交っている。

大　野　高松先生、高竜寺に火が廻りました。此処も危ない。早く落ちのびられたがよい。（言い捨て、駈け去る。）

高　松　おう、南京人、担荷を運べ。

南京人、担荷を捨てて、逃亡を企てる。

高　松　待て、病人を捨てて行くのか。待てと言うに。

南京人、高松の制止を聞かず逃げて行く。

南京人　モウ駄目。危ナイ。危ナイ。ドイテ下サイ。

高　松　こら、南京人、病人を捨てて行くのか。待て。（南京人、総て逃げ去る。つづいて医師も逃げかかる。）こら、君までが何ということだ。日頃高松が説いて聞かした博愛精神を忘れたか。待たんか。（医師、ふり切って逃げる。）

薩長方の兵隊、押し寄せて来る。中川梶之助、その先頭に歩み出る。

中　川　うむ、箱館病院の傷病人共だな。

高　松　左様、吾輩は病院掛り頭取高松凌雲にございます。
中　川　おお、尊名はかねて聞き及んでおる。拙者は、権《ごん》の判事堀真五郎配下、中川梶之助と申します。この傷病人をお引き渡し下さい。

薩長方の傷病人の一人、担荷から身を起こして――

傷病人一　おう、中川か。待ち兼ねておった。（大橋、奥山を指し）こやつ等を叩き斬って呉れ。
高　松　中川氏、武士の誼《よし》みを以て、吾輩の願いを枉《ま》げて御承引下さい。この高松は、泰西諸国赤十字病院の制度に範をとって、敵味方の差別なく、総て戦場に於いて傷ついた者を――
傷病人二　中川斬ってくれ。こやつ等は、おれが病院に運ばれるとき、危害を加えようとしおったのだ。
奥　山　おう、大橋、こうなっては、もう俎《まないた》にのせられた魚も同然だ。畜生、あの時に、なぜ敵方の傷病人を一人のこらず叩き斬ってしまわなかったかなあ。
大　橋　うむ、あの時になあ。返す返すも、おれ達の不覚だったぞ。
傷病人一　中川、斬ってくれ。こやつ等を、大根のように、真二つにしてくれ。
中　川　よし。（隊士たちに）斬れ。
高　松　お待ち下さい。病養人の身柄は、院長の職責を以てこの高松が一身に代えても守らねばならん。中川氏、赤十字社を始めて日本に移植した高松の苦心経営に同情せられて、是非共、病療人を——

中　川　斬れ。邪魔立てすれば、貴公とてその儘にはさし置かぬぞ。
傷病人一　中川、頼む。やってくれ。
大　橋　残念だ。
奥　山　大橋、なぜこいつ等を生かしておいたろうな。
中　川　高松君、退け。（隊士に）さあ、斬れ。

隊士二三人、進み出て、大橋、奥山を切り伏せる。

高　松　おうっ。
傷病人二　うむ、好い態《ざま》だ。ははははは。

隊士、刃を高松に向ける。

高　松　（へたへたとなって）中川氏、吾輩だけは許してくれ。吾輩だけは助命してくれ。

中川、隊士を抑える。

——幕——

五之巻　官賊和議

資　料

此節ノ軍《イクサ》ハ珍敷軍ニテ角力ニテ言ハバ相談相撲ノ様ニテ今日何字より何字マデ鐵砲打合致シ候得者其後ハ互ニ取会暫抔致シ候由。毎日程談判有之賊ノ方ヨリハ榎本某等毎日參リ候由。（中略）榎本抔装束ハ異服ニテ威儀堂々トシテ実ニ辺リヲ払ヒ此方ノ兵隊ハ畏服イタシ候模様ニテ候ヨシ。此方ニテハ降服ト唱候得共賊ノ方ヨリハ和睦ノ様ニ見エ居、玉薬抔切レ候時ハ遣呉候様申候ヘバ此方ヨリ為持遣候由。

——豊瑞丸風説書——

四人（注、榎本、松平、大鳥、荒井）何レモ轎ニ乗リ長州兵ニ護送セラレテ函館ニ行キタリ。轎中ニテ四人ハ必ズ屠腹ノ命アルナラント思ヒシニ、本陣ノ傍ナル猪倉屋ト云ヘル町家ニ誘ハレタリ。護衛ノ天兵長兵（中略）少シモ苛酷ノ取扱ナク酒肴ヲ饗シ丁寧ヲ尽サレケレバ却テ意外ニ出テ不思議ニ思フ程ナリ。

——南柯紀行——

昨年來、長々ノ御在陣、如何ニモ御苦労ニ存候。然者（中略）貴下蘭国御留學中御傳習之海律二冊、我国無二之珍書、烏有ニ附候段、痛惜ニ被存、皇国御差贈ニ相成候段、深致感佩候。何レ他

日以訳書天下ニ公布可致候。先者、御厚志之段、拙者共ヨリ相謝度、（中略）此段申述候也。

五月十六日

榎本釜次郎様

――海軍参謀書簡――

人物

榎本釜次郎武揚	蝦夷実権政府総裁。
大鳥圭介	おなじく陸軍奉行。
荒井郁之助	おなじく海軍奉行。
永井玄蕃	箱館奉行、弁天台場戍将。
中島三郎助	千代ヶ岡台場戍将。
中島恒太郎	その長男。千代ヶ岡台場詰。
中島英二郎	その次男。総裁附人。
大塚鶴之助	総裁附人。
大野弁之助	榎本方降参人。
永山友《ゆう》右衛門	薩州藩陸軍監事。
中川梶之助	元五稜郭府庁役人。
平山金十郎	新徴民兵。

小　次　郎　同　前。
多　五　郎　同　前。
庄　兵　衛　茅部の漁師。小次郎の叔父。
その他、南京人（李、崔など）、本丸詰兵卒、新徴民兵、中島隊士、薩長兵（隊長、隊士）等。

舞　台

明治二年五月中旬。

蝦夷五稜郭および千代ヶ岡台場。


この巻、舞台を二杯に飾る。その一、五稜郭本営楼上の「総裁室」。

正面の壁、横に長く抜いた窓。窓ぎわへ、畳をずらりと並べて立てかけ、敵の砲丸に備えてある。

この部屋の中央に、立派な卓子掛けを掛けた円卓。それを囲んで、粗天鵞絨《あらビロード》を張った「ろここ」式の椅子数脚。壁上に古風な和蘭式の郭公時圭《かっこうとけい》。片隅に、調饌卓、書架など。

左右の端《つま》に、塗骨の障子。右手は、室外の廊下の一部を見せ、これへ昇って来る階段口と、さらに上階へ登る階段の一部とを見せる。

榎本武揚、大鳥圭介、永井玄蕃の三人、円卓を囲み、卓上の牛鍋をつつきながら、酒を汲み交わしている。遠い砲声。

榎本　永井君、一向に気勢が上らんではないか。どうだ、ぐっと乾されぬか。
永井　まあ、ゆるゆる頂戴いたそう。
榎本　大鳥君、君までが、何としたのだ。斗酒なお辞さずという日頃の手並《てなみ》にも似合わぬぞ。永々の滞陣で何の風情もないが、郭中にたった一匹残った牛を屠っての訣別の宴だ。五稜郭の命数も旦夕に逼《せま》った今日《こんにち》、互に一つ鍋をつつき合うのも、これ限りかも知れん。（飲み干して、盃をさす。）大鳥君、一つ献じよう。
大鳥　うむ。（盃を受ける。）
榎本　やあ、酒が切れたな。（卓上の鈴《りん》を打つ。）

左手の障子を明けて、中島英次郎出る。

榎本　酒を持て。
英次郎　はっ。（障子の外へ出る。声のみ）兵卒、御酒《ごしゅ》を運べ。（兵卒の答、声のみ。）
永井　榎本氏、も一度、思い直される訳には参らぬものか。
榎本　いや、君が千万言を費して説こうとも、榎本の所信は断じて変らぬ。
永井　最前も言うとおり、吾らとて、もと徳川家の老職、薩長土肥の田舎侍が、錦の御旗を押し立てて、時を得がおに、天下に号令いたす前へ、恥を包んでのめのめと膝を屈するは、心外とも、無念とも、まことに熱湯を以て腸《はらわた》を煮らるる心地が致す。が翻って思えば、これも現世の名聞利慾に捕われた我執の念ではござるまいか。

大　鳥　ふむ、えらく悟りを開かれたものだな。

永　井　蝦夷地の滞陣も、はや八ヶ月。雪融けからの薩長藩賊の逆寄《さかよ》せに追いすくめられて、箱館市中も尽《ことごと》く敵の手に落ち、余すところ、身が立て籠る弁天台場と、この五稜郭、それに千代ヶ岡台場の三所に過ぎぬ。こうして和議談合のため、お身方に面接いたすにさえ、白旗をかかげて敵の陣地を通りぬけねばならぬ始末。所詮、この勝味なき戦さをつづけるは、無謀無策の極み、あたら貴い人の命を失うに過ぎぬ。それよりは、吾等が我執の妄念を払って、潔ぎよく降服いたした方が、どれほど人助けか分からぬと存じてな。

大　鳥　莫迦な事を。今さらとなって、貴公は臆念を生じたのか。

永　井　大鳥氏、臆念とは、心外千万な申され様、吾ら二三の者の自裁を以て事納まるならば、身は喜んで其許《そのもと》らの死出の侶伴《ともづれ》とも相成ろう。が、何んにせよ——

英次郎　（左手の障子から出て）閣下、御都合で、酒を運ばせまするが。

榎　本　おう、持て。

英次郎　（障子の外へ）運び入れい。

兵卒、酒を卓上に運び、再び去る。英次郎、障子ぎわで躊躇している。

大　鳥　返盃だ。
榎　本　うむ。（盃を受ける。英次郎を見やって）中島君、どうしたのだ。機密の相談ゆえ、次に下がっておれ。
英次郎　はい。閣下、拙者ごとき下等士官が、さし出がましゅうはございますが――
大　鳥　何だ。
英次郎　最前からお次で洩れ承われば、弁天台場へ降伏勧告の軍使が送られたについて、和議停戦の御相談のようにお見受け致しますが、その儀ならば、何とぞ吾等一族の苦衷を御憫察あって、飽くまで主戦硬論を以てお進み下さいますよう、特に懇願仕ります。
榎　本　わっははは。よい、よい。其方《そのほう》が案ずるまでもなく、吾輩の決心は、金鉄の如く不動不壊だ。安心して、次に下っておれ。
英次郎　はい。しかし父三郎助も兄の恒太郎も、千代ヶ岡台場の受持と相成り、この本丸に勤務いたしまするは、私一人。思うだに無念の事ながら、すでに本丸詰めの一統の間にも、戦意を失い、ひそかに降伏の説を唱うる腰ぬけ武士が、数に於いて決して些少ではございません。仮りにも、これらの怯懦陋劣《きょうだろうれつ》の輩の言説にお耳をお藉《か》しなされませぬよう――
榎　本　諄《くど》い。下っておれ。（ぐっと呷る。）
英次郎　はい。（悄然と去る。）
大　鳥　榎本、飲もう。今日を限りに、痛飲いたそう。
榎　本　わっははは。漸く、本来の面目を発揮しおったな。（ついでやる。）

永　井　榎本氏、今の様子では、郭中にも和平の説が蔓《はびこ》っておるそうな。言うまでもなく、吾らは公選入札によって、選ばれてこの蝦夷実権政府の上《かみ》の位についた者。それゆえ、猥《みだ》りに私の意趣を以て、軍議を壟断すべきではあるまい。どうであろう。榎本氏、この際に士分一同を寄せ集めて、和戦いずれかの合議を開いては――

大　鳥　永井君、もう言うな。吾輩らの意見は、飽くまで貴公に弁天台場を守り抜いて貰うことに決着いたしておる。それこそが、衆によって選ばれた箱館奉行としての貴公の重責だ。

榎　本　此処まで持ちこたえ乍ら、今となって殿中育ちの弱腰を曝《さら》け出しては、君の生涯にも拭うべからざる瑾《きず》がつこう。

永　井　では、どうあってもお志を翻《ひるがえ》されぬのか。（沈黙。）

郭公時圭、「ぽっ、ぽっ、ぽっ……」と九つ鳴く。

永　井　おお、第九字だな。敵方へは、午前第十字までに、回答を約束いたしておる。では、立ち帰ってその由を申し伝えよう。（立ち上る。）

榎　本　（卓上の鈴を敲く。）

左手の障子から、大塚鶴之助が出る。

大塚　お呼びにございますか。
榎本　永井殿を、大手門までお送りせい。――中島は、どうした。
大塚　はっ。最前から、何か、しきりと落涙いたしておりますが。
榎本　そうか。
永井　御免。（一礼して、大塚に送られ乍ら、廊下の階段口へ姿を消す。）
榎本　大鳥君、飲め。
大鳥　よし。（盃を手にしたが）いや、どうも気懸りだ。もう一度、永井の臍下丹田《せいかたんでん》に、活を入れて来てやろう。（廊下へ出る。）

海軍奉行荒井郁之助、楼上から下りて来る。

荒井　おう、大鳥君、今楼上の物見櫓から観望いたしておったが、敵の甲鉄艦が、大ぶ湾内深く進入いたして参ったぞ。
大鳥　そうか。猪口才な、一里も先の浜手から、この本営をねらい撃つ積りだろうが、そうは問屋で卸すものか。（階段を下りてゆく。）
荒井　（障子をあけて、室内へ来る。）
榎本　荒井君、つき合わぬか。
荒井　賛成ですな。回天、蟠竜、いずれも洋上の炎と消え去っては、海軍奉行荒井郁之助も、羽根をもがれた小雀に劣る。便々と敵の猖獗《しょうけつ》を傍観いたすより術《すべ》がありません。

砲声、次第に高くなる。

榎本　うむ、やりおる、やりおる。

荒井　甲鉄艦です。幕府が亜米利加へ注文した、あの「すとん・おーる」号を、薩長に横どりされたのは、実に計画齟齬の最たるものでしたな。あの艦《ふね》一艘のお蔭で、味方の海軍力は殲滅のうき目に遭ったのです。

榎本　陸奥陽之助奴《め》が躍気となって、三井、鴻池《こうのいけ》から金を引き出し、まんまと買い求めたそうだな。

荒井　ああいう金力の後ろ立てがあっては、とても太刀打ち出来ん。しかし、例の万国公法に照らすと、どうなります。中央の政権が甲から乙に移った場合、前者の注文した艦は、当然後者の掌中に属するものですかな。

榎本　甚だ遺憾乍ら、後者の手に落ちる。

荒井　ふん、すると総裁の守り本尊とする万国公法も、必ずしも役に立つとは限りませんな。

榎本　莫迦っ。吾が党が、欧米列国の外交団体によって、実権政府「でふぁくと」として認められたのは、一に、この榎本の万国公法の知識によるのだ。気をつけて物を言うがよい。（立ち上る。）

荒井　は。（口を緘《つぐ》む。）

榎本、苛立《いらだ》たしく歩き廻り、やがて窓による。一弾、窓ぎわに炸裂する。戸障子、振動する。

荒井　総裁、危ない。

榎本　なあに、これしきの弾丸（凝っと立って考えている。）

大鳥圭介、階段を駈け上って来る。

大鳥　（室内に入って）榎本、ここに被害はなかったか。大ぶ覘いが確かだな。

榎本　うむ。

又、一弾、近くに落ちる。

大鳥　不思議だな、浜手からこの本丸までは、道程《みちのり》にして二十四五町、いかに甲鉄艦の七十斤「びゅんとこーげる」に威力があるにもせよ、一里に近い遠打ちが、どうしてこの様に誤たず着弾するのだろうな。

荒井　或は薩長方が、何か精鋭の測量器械を、英吉利あたりから入手したのかも知れん。それとも、ここ半年の間に、こうまで大砲操練の腕前を上げおったのかな。

又一弾。

榎本　分かった。（つと、円卓のそばへ帰って、鈴を鳴らす。）櫓《やぐら》だよ。

大鳥　何。櫓とは。

英次郎　（左手の障子から出る。）お召しにございますか。

榎本　うむ、使役中の南京人は、現在、何人ほど生き残っておるな。

英次郎　はっ。惣員四十一人のうち、唯今のところ十四五人も生き残っておるかと存じます。

榎本　よし。奴等を残らず屋根の上に追い上げい。尻込みする奴は、剣付鉄砲で脅しつけい。物見櫓を切り落とすのだ。

英次郎　はっ。（急ぎ去る。）

大鳥　（膝を打って）さすがは、炯眼《けいがん》、恐れ入ったな。あの櫓が、距離測定の標的になるとは思わなかったぞ。

平山金十郎、抜刀を提げて、階段を上がって来る。追って来た一人の兵卒に刃を突きつける。兵卒、驚いて姿を消す。平山、廊下から静かに室内に入ってくる。

荒井　何奴だ。断りもなしに。

平山　平山金十郎にございます。榎本閣下に直々《じきじき》に進言いたしたい儀があって、失礼をも顧みず推参仕りました。

榎本　取次を以ては言われぬ用か。

平山　はい。先達てよりの敵方の惣攻めに、閣下はさぞかし帷幕《いばく》のうちにあって、軍議謀策に御他念のない事と存じましたが、案に相違の御酒宴にございますか。

大鳥　黙れ、酒は陣中のなぐさみだ。僅かばかり嗜んだとて、軍務をおろそかに致す吾々でないぞ。

平山　では、榎本閣下に伺いまするが、吾らの見る眼にも、五稜郭の落城は目前、閣下にはその折、薩長の軍門に身を投げて、命乞いを致されますか、但し――

榎本　控えい。命乞いとは何たる言草《いいぐさ》だ。

平山　ならば、残兵一千八百を結束して、猫の額ほどのこの要害に立て籠り、時至らば本営に火をかけて、衆と共に玉砕の御覚悟にございますか。

榎本　無論。

平山　して、それを最上の策とせられますか。蝦夷地開拓の御大望を、むざむざ薩長の足下に蹂躙せられて、些かも悔むところないと仰せられますか。

榎本　何。

一弾、窓近くに落下。榎本、鈴を鳴らす。

大鳥　（廊下へ出て、階段下へ叫ぶ。）大塚、中島、南京人を早く追い上げい。（答、声のみ。室内に戻ってくる。）

平山　若し閣下が従前のように、共和民権政治の大本を忘れられる事なく、誠心誠意を以て上下合一のために尽瘁せられるならば、蝦夷地切り開きの大事業は、決して薩長ごときに奪い取られる憂いはございません。唯今即刻、漁場請負、問屋一手買いの悪法を改められ、地許漁師の勝手取引を御受諾ある時には、直ちに吾ら新徴民兵より各地の漁場に檄《げき》を発して、徒党数千を糾合いたし、一旦五稜郭は敵方の手に渡すとも、閣下を奉じて奥蝦夷に退き、古来、蝦夷えびすが拠った要害堅固の柵、土城を楯といたして、乾坤《けんこん》を覆《くつがえ》す一戦を仕ります。

榎本　ふむ。それで。

平山　唯今は昆布刈り時に当り、昨年も箱館問屋の無法を憤って、小樽内漁場に火の手が上りましたが、閣下に於いて今この時機を失せられるならば、今年こそは、番所詰御人数の手薄に乗じて、漁場一帯に、どれほど血腥い無益《むやく》の争いが繰り返されるか図り知られません。

榎本　ふん、其方等も、それを無益の争いと知っておるか。

平山　左様、徒《いたずら》に上《かみ》に楯つく時は、たとい一っ時の勝を制しましょうとも、決して下民の艱難を根絶やしに致すことはかないません。この平山は屢々赤手を以て無謀の謀事《はかりごと》をめぐらし、ついには薩長役人の刃《やいば》に、あたら片腕とも頼む花輪五郎を失いました。また小樽内漁場の一揆に致せ、小太郎、お浅など、獄門に梟《か》けられて無慚の最期を遂げたにも拘らず、地許漁師の生業《ないわい》は、一向に日の眼を仰ぎませぬ。今にして思えば、之は、畢竟、苦し紛れの、一時凌ぎの姑息手段、吾等の貫徹すべき第一は、下民窮迫の実情を憫《あわ》れみ、真に民苦を救わんとする開化政治を頭《かしら》に戴いて、この大施政の画策に身を以て関与いたす事が肝腎と心得ます。それゆえ、この度の共和民権政治のご趣旨を、さらに一層徹底せられて――

又、一弾。大塚、階段口より急ぎ出る。

大　塚　閣下、手配を終りました。
大　鳥　よし。酒を持て。
大　塚　は、（左手の障子へ去る。）

中島英次郎、数人の兵卒と共に、南京人を階段口から追い上げて来る。

英次郎　さあ、急げ、南京人、物見櫓を切り落すのだ。
李　許シテ、許シテ下サイ。大砲玉、櫓ニ沢山当タル。駄目、死ヌ、死ヌ。（哀号する。）
英次郎　行け。行け。（追い上げる）

兵卒、酒を運び入れる。榎本、盃を啣《ふく》む。

又一弾。

荒井　（境の障子をがらりと明けて）急げ。中島、手ぬるいぞ。
英次郎　はっ。それ、追い上げろ。行け。愚図々々いたすと、こうだぞ。（脅す。）
崔　アア、アア、アア、死ヌ。大砲玉、死ヌ。助ケテ、助ケテ下サイ。
李　ワタシ等、何モ悪イコトシナイ。密貿易シナイ。助ケテ、助ケテ。（泣きわめく。）
英次郎　行け。行けい。こうだぞ。こうだぞ。（南京人、追い上げられる。）
英次郎　（兵卒に）よし、この梯子口を固めておれ。

砲丸雨飛、戸障子、しきりに振動する。楼上から南京人の哀号の声。

平山　閣下、あの南京人を何とせられます。
榎本　（酒を呷《あお》って）南京人には、南京人なりの扱い方がある。もはや台場修理や怪我人運びの用もあるまいからな。わっははは。

砲撃、募《つの》る。正面の窓の向うを、南京人の屍体二つ三つ、ばらばらと落ちて行く。

平山　さりとは、あまりに無慚なお取り扱いではございませんか。何の罪咎もない非戦闘人を――
榎本　非戦闘人なればこそ、この目的に使役いたすのだ。戦闘人には、まだまだ最後の決戦が残ってておる。

平山　しかし、閣下、今、僅かの落度より清国と事を構えましては――

榎本　莫迦め。清国から抗議が出る時分には、天下は薩長の手に落ちて居よう。江戸総督府を外国談判によって苦しめるという苦肉の策が分からぬか。

大鳥　貴様等ごときの喙《くちばし》を入れる事でない。中島、この者を下へ連れて参れ。

榎本　行け。

平山　では、最前お願い致しました、漁場請負、昆布一手買いの――

榎本　今さらとなって、悠長らしい、何のたわ言だ。連れてゆけ。

英次郎、平山を連れ去る。

砲声。南京人の哀号。屍体、窓のそとを落ちて行く。

大鳥　（調饌卓から、洋盃を持って来て）どうだ、榎本、西洋式に乾盃せんか。

榎本　よし。

荒井　賛成。（三人、円卓を囲んで乾盃する。）

櫓の切り落される大きな音響。

荒井　やりおった。やりおった。

大　鳥　これで安堵した。甲鉄艦の砲撃ぶりには舌を巻いたが、種が分かれば、何んのことは無い。なあ、榎本、吾輩も、仏蘭西軍制に則って、幕府歩兵操典の基《もとい》を築いた先覚者だ。薩長、松前、津軽の大軍を引き受け、衆寡敵せず敗れたと伝えられるは、寧ろ本懐とするところだが、文明の利器の操作術が彼等より劣ったがための敗竄《はいざん》と言われては、末代までの恥辱だからな。

砲声、やや遠のく。

荒　井　（窓へ立ってゆく。）さて、この上で、砲撃の手並を拝見するかな。――おお、総裁、大手門にただ一騎、白旗を振って近寄る者が見えます。

榎　本　また、敵方から降伏帰順を説得に参ったのだろう。

楼上から、兵卒数人、傷ついた南京人を抱え乍ら降りて来る。障子外で、その一人が――

兵　卒　物見櫓を切り落しました。

榎　本　よし、御苦労だった。

兵卒ら、去る。

荒　井　（窓ぎわで）おう、何やら、大手門の守備兵に申し入れております。
大　鳥　よし、今回は、乃公《おれ》が追っ払おう。
榎　本　いや、君の出るべき場所でない。やはり吾輩が、折衝しよう。

英次郎、階段を駈け上がって来る。

英次郎　唯今、敵陣より薩州藩陸軍監事永山友《ゆう》右衛門と申さるる方が単身参られ、折入って榎本閣下に御直談いたしたい旨を申して居ります。
榎　本　永山友右衛門、知らぬ名だな。とにかく、通せ。（英次郎、去る。）君等は一時、退席して貰おうか。
大　鳥　うむ、大塚君、此処を片づけさせい。

大鳥、荒井、廊下を右手へ去る。
大塚、左手の障子から兵卒を従え出て、卓上のものを下げる。砲声、次第に歇《や》む。
英次郎、永山友右衛門を楼下から案内して来る。英次郎は、障子外から引返す。

永　山　榎本氏、久しく御意を得ませなんだ。拙者を、お見忘れか。
榎　本　えっ。

永　山　以前は、田島敬蔵と名乗り、秋田藩船高雄丸の船長と致して、お目にかかった事がござる。

榎　本　おう、あの折の高雄丸船長か。いや、薩州の陸軍監事とも知らず、放免いたしたのは迂濶であったな。わっははは。

永　山　榎本氏、実は些か存ずるところあって——

榎　本　待たれい。降伏帰順の談判ならば、御無用になされたい。知らるる通り、連戦連敗によって郭中混雑、今、烏合の鼠兵《そへい》を以て、天兵へ対し奉り、日を約し刻限を期して自他堂々の一戦を試みる事は覚束ないが、御都合次第、何時なん時より惣攻めを開始せらるるも苦しうござらぬ。

永　山　では、どうあっても、和談整い難いと言われるのか。

榎　本　左様。蝦夷地全島を粉砕せられるとも、この榎本は志願貫徹に努めます。

永　山　榎本氏、貴殿は、鼻の先の小なる戦いにのみ専念せられて、方今《ほうこん》日本全国に蔓《はびこ》る大なる戦いを忘れられたか。

榎　本　何と言われる。

永　山　もし、脱走方に於いて、この上の必死防戦に努められるならば、或いはなお一箇月にも亙る籠城攻め落しが続こう。東京総督府に於いては、殊の外に戦状を憂慮せられ、既に西郷吉之助を総《そう》差引《さしひき》と致して、薩州の精鋭を選《よ》りすぐったる銃砲二大隊が、箱館表を目指して進発致しております。事態は、榎本氏等が北門の一角に蟠居《ばんきょ》して観望せられるよりも、迥《はる》かに急を告げておる。

榎　本　ふむ。何ゆえに。

永　山　言うまでもなく明治御新政の大号令は、徳川三百年の悪政の根源を断ち、士農工商を等しく国恩に浴せしめんが為に発布せられたのではござるが、凡百《ぼんぴゃく》の政務、今わずかに端緒についたばかりで、一方には旧徳川の大名小名、一方には回天の大業に黄金を以て参画いたした三井鴻池等の豪商を、新政治によって統率するに忙がしく、未だ民百姓をしてその堵《と》に安んぜしめるほどには、治政の旧態を改めておりません。

榎本　ふむ。それで。

永山　旧徳川の苛斂誅求《かれんちゅうきゅう》によって、諸国の村里は全く疲弊し、田畑の売買禁止令、限田法などの弛《ゆる》むと共に、貧富の隔たりは漸く劇しく、下民の難渋は、まことに憐むべきものがござるが、しかも今直ちに税法を改めて、この旧弊を救う術《すべ》はござらぬ。

榎本　ふん、それは、新政府の治民よろしきを得ぬがためだ。それゆえにこそ榎本等は——

永山　（遮って）暫らく待たれい。では、榎本氏に伺うが、さだめし、開化政治を標榜せられる蝦夷地に於いては、幕府伝来の旧法たる漁場請負、問屋一手買いの仕来たりを停止せられたでござろうな。

榎本　いや、それは——

永山　事態急を告げているとは、茲《ここ》のこと。榎本氏、今諸国の村里に漲《みなぎ》る下民怨嗟《えんさ》の声を聞く時は、すずろに肌に粟を生ずるものがござる。この大難局に直面いたして、吾らの執るべき道は、ただ一つ、即ち一刻も早く国力を合一して、新政治の礎《いしずえ》を固め、政令一に中央より発して遮る者のなき日を待ち仰ぐべきではござるまいか。

榎本　ふうむ。（頭を垂れて考え込む。）

永山　かかる折柄、もし私の体面にのみかかずらい、薩長ごときに膝を屈しては、徳川武士の名折れだなどと、偏狭固陋の見地より、邦家百年の大計を阻害せられるならば、その罪まさに万死に値するものではござるまいか。また、今となって新政府の前に恭順を表するとも、いずれ斬罪か切腹の重き科《とが》は免れぬ。同じ命を捨つるならば、むしろ最期まで東京総督府に抵抗して、散り際《ぎわ》の花を咲かせようなどと思われたら、これもまた大きな見当違い、明治の新政府は、貴殿ほどの開化思想の先覚者、海外新知識の人材に対し、罪を問うことのみに汲々として猥《みだ》りにその多望なる前途を押し阻むような偏見狭量は持ち合わせませぬ。

榎本　ふむ。（頷く。）

永山　どうであろう、榎本氏、もし恭順の意を表さるるならば、吾が軍参謀黒田殿も、一身に代えて、貴殿の命乞いを致されるそうなが。

榎本　（無言。）

永山　また百姓漁師というものは、喩《たと》えて申さば、深山幽谷より生け捕って、乳を以て飼い馴らした野獣の仔にも等しいもの。一旦人肉の味わいを知れば、忽ち祖先の猛々しい本性をよび醒ます。鋤鍬を握り、網を打ち慣れた彼等の手に、銃器を執って戦場を駆逐する野心を教え込むは、その眠れる魂に火を点ずるも同然。それゆえにこそ、豊太閤の刀狩《かたながり》以来、兵農分立の定めは、我が国政道の根本主旨と相成っておる。然るを、いまだ中央主権の整備せざるに先立ち、軽々しく民兵を徴募して彼等に調練を施すは、今も申す野獣の仔に人肉の味わいを知らしめるに異《ほか》ならぬ。何とであろう、榎本氏、自ら陥穽《おとしあな》を掘るような所行は、今を限りに改められてはどうか。

榎本　なるほど、これまでの降伏談判と事変り、事理を尽した唯今の御説得によって、榎本、豁然《かつぜん》として大悟いたした。が然し、和戦いずれかの処決は、吾輩一存を以て取り極める訳にも参らぬ。なお郭中一統とも篤と談合の上、後程までに、使を以て御返事申し上げよう。

永　山　いや、つたない弁口が、何かのお役に立てば望外の喜び、では、これにてお暇《いとま》申そう。

榎　本　待たれい。（書架から書籍を取り出して）これは、仏蘭西人「うーとらん」の原著「万国海律全書」と申して、吾輩外遊中、荷蘭学者「ふれでりきす」について苦学いたした国際公法の注訳書でござるが、恐らくは吾国無二の珍書、万一兵火にかかって烏有と相成っては痛惜に耐えません。依って、黒田参謀の御手を通じて新政府に献上いたしたい。これを以て、榎本の意のあるところを察知せられい。（氷山の前に置く。）

永　山　ほう、それは、奇特の御志、永山、喜んで御取次ぎ申そう。

榎本、卓上の鈴を鳴らす。英次郎、出る。

永　山　呉々《くれぐれ》も、眼前の利害を以て、大局を誤らぬ様、進退を決せられたい。

榎　本　いや、御忠告、万謝いたす。

英次郎　お召しにございますか。

榎　本　軍使を、大手門までお送り申せ。

永　山　では、再び御使者を賜わるまで、砲撃は一切差し控えます。御免。

英次郎、永山を導いて、去る。

榎本　（左手に向って）大塚、大塚は居らぬか。

大塚　（障子をあけて出る。）御酒《ごしゅ》をお運びいたしますか。

榎本　大塚、その畳を一枚、ここに敷け。

大塚　はい。（命ぜられた通りにする。）

郭公時圭、十声鳴く。

榎本　そこに控えておれ。（畳の上に胡座《あぐら》を掻き、胸を押し寛《ひろ》げる。矢庭に小刀を抜いて）介錯《かいしゃく》せい。

大塚　（極度に驚いて、押しとどめる。）お待ち下さい。閣下、お危のうござる。

榎本　放せ。放せ。

大塚　お待ち下さい。危ない。

その声を聞きつけて、大鳥、荒井が左手から走り出る。

大鳥　何事だ。

荒井　おう、危ない。総裁、お待ちなさい。

榎本　放せ。
大鳥　榎本、なぜそんな短気を出したのだ。
榎本　留めるな。今日こそ、榎本は、天下の大賊、叛徒の元兇と罵られても一言の返す言葉もない。
大鳥　どうしたのだ。
榎本　不明不敏の榎本は、「なぽれおん」三代目の東方侵略の手先に操られて、共和政治の美名の下に、民百姓を煽動し、吾国古来の政道に、拭うべからざる汚点を残したのだ。今、過去の大罪を悔悟し、城門を開いて新政府の裁断を仰ごうとしても、恐らく平山一味の新徴民兵は——
大鳥　何、城門を開く。降伏を決意いたしたのか。
榎本　そうだ。恭順の意を表しさえすれば、敵方は、寛典に行うと言うのだ。
大鳥　何、吾々に自決を迫らんと言うのだな。ふうん、そうか。それをなぜ、腹など切ろうとしたのだ。
榎本　吾輩の進退は谷《きわ》まった。強いて開門しようとすれば、郭内二派に分かれて血を流さなければならぬ。大鳥、この難局に処する道を教えてくれ。
大鳥　ははは、相変らず気の短い神経病者だな。待て、待て。薩長が吾々を厳罰に行わんと折れて出るなら、また考え様もあろうと言うものだ。
荒井　降伏でない、和睦だと言うならばな。
榎本　おお、そうか。諸君も和議に同意して呉れるか。
大鳥　うむ——まあ——ここで犬死をするよりは増しかも知れん。

荒井　総裁、ともかくも、その姿を人に見られてはいかん。服装をお改め下さい。

榎本　うむ。（服装を正す。）

荒井　（大塚に）や、指を切ったな。早速、手当をせい。

大塚　は、御免蒙ります。（左手へ去る。）

荒井　他言するな。（声のみ答える。）

大鳥　榎本、残る処分は、新徴民兵だな。

榎本　（頷く。）

荒井　しかし、これが難物だ。

榎本　うむ。

中島三郎助、恒太郎、階段を上がって来る。

三郎助　総裁閣下、唯今、拙者受持の千代ヶ岡台場に、敵方の使者が、降伏勧説《かんぜい》に参りましたが、もとよりこの三郎助は、千代ヶ岡を以て墳墓の地とかねて心に決しておりますから、言下に不承知を唱えて、追い帰しました。その由、言上《ごんじょう》旁々、最後のお別れに伺候仕りました。

榎本　そうか。

三郎助　総裁閣下、お顔をお見せ下さい。（泣く。）品川抜錨この方、一年に近い吾が党の苦衷も、遂に今日明日を以て、空しく終りを告げましょう。閣下の御心事を推察仕りまして、三郎助、申し上ぐる言葉もございません。この上は、五稜城を枕に、ただ尋常の御最期を遂げられます様、衷心よりお祈り申しあげます。

榎　本　（面をそむける。）

恒太郎　閣下、鷲ノ木陸揚げの際は、先鋒決死隊の数に洩れまして、故郷の母への誓言の手前、武士の一分相立たずと、閣下をお恨み申してさえ居りましたが、今、父と共に、千代ヶ岡台場の受持を仰せつけられまして、此れに上越す面目はございません。閣下、最後のお別れに臨みまして、恒太郎、潔ぎよく討死せいと、ただ一言、お言葉を賜わりとう存じます。（声涙、共に下る。）

榎　本　（無言。）

恒太郎　閣下、お言葉を賜わりとう存じます。

榎　本　（無言。）

三郎助　（優しく留めて）恒太郎、控えい。今この際に、私事《わたくしごと》で閣下の御心中をお乱し申してはならぬ。では、榎本閣下、いずれ泉下にてお目通りいたします。。

三郎助、恒太郎、涙を拭いつつ悄然と去る。

榎　本　（左手に向い）兵卒、酒を持て。

兵卒、酒を運び出る。榎本、洋盃に注ぎ、一息に呷《あお》る。

大　鳥　（鋭く）榎本、心を鬼に致すのだ。
榎　本　なあに、これしきの事に、ひるむものか。（歩き廻る。）
大　鳥　ところで、難物の新徴民兵はどうする。
榎　本　（急に立ちどまって）うむ、一道の活路を見出したぞ。
大　鳥　何。活路を見出した。
榎　本　平山始め民兵共を、一人残らず、千代ヶ岡台場に送るのだ。
大　鳥　むう。
榎　本　恐らくは、三郎助め、五稜郭が開門と決しても、千代ヶ岡の放擲を肯んじまい。千代ヶ岡こそ、箱館第一の激戦地ともなろう。民兵共を、かの地へ送れば、吾々が手を下す迄もないのだ。
（鈴を鳴らす。）
荒　井　なるほど、これは警抜な策略だ。

英次郎、出る。

榎　本　平山金十郎をこれに呼べ。急げ。
英次郎　はっ。（階段口へ去る。）
大　鳥　榎本、さすがに貴公は、大政治家だな。薩長方が、貴公の鋭敏な頭脳を買いに来たのも道理だ。死んだ土方歳三と貴公を引き較べて見ると、新時代というものが、瞭《はっき》りと判かる。明治の新政府も今後、貴公のような手腕家に俟つところが多いだろうからな。なあ、荒井君。
荒井　うん、全く、敬服の外はない。

英次郎、平山を案内して来て、引返す。

平山　お召しだそうにございますが、若し何か折衷説のような御提案ならば、無益《むやく》の論議は避けたいと存じます。
榎本　平山、吾が党は、飽くまで防戦の覚悟を極わめた。場合によっては、君の進言どおり、奥蝦夷にも落ちのびよう。
平山　何、奥蝦夷へ。すれば、拙者等民兵の申し条をお取り上げに相成りますか。
榎本　その前に念のため確めて置きたいが、もし漁場請負、問屋一手買いの悪法を改めるならば、其方等は、必ず一命を擲《なげう》って吾が党のために尽瘁いたすな。
平山　申すまでもない事。
榎本　では言うが、千代ヶ岡台場は、五稜郭への敵の進撃を遮り留める唯一無二の足留りだ。平山、即刻、民兵惣勢を糾合いたして、千代ヶ岡の守りにつけい。
平山　はっ。では、地許漁師の勝手取引を――
榎本　無論、さし許す。

平山　では、後日の証拠のため、何か御書き物を。
榎本　（考える。やがて大きく頷き）よし。（筆紙を執って、書き始める。）
平山　総裁閣下、御礼を申し上げまする。平山金十郎、多年苦心の甲斐あって、始めて初一念を貫徹いたし、天にも昇る心地が致します。

兵卒、階段口から走り出る。

兵卒　申し上げます。
榎本　何だ。

大鳥が眼くばせするが、兵卒は気がつかない。

兵卒　事態茲に至っては、最早、格別の方策も相立たず、御忠言に背くは不本意乍ら、やむ無く
――
大鳥　（たまり兼ねて）叱《し》っ。
榎本　（書き終えて）うむ、やむなく、籠城決死の覚悟を極わめたと言うのか。よし、行け。
兵卒　は。（驚いて去る。）
榎本　（平山に書き物を渡し）これを、つかわす。

平　山　（押し頂いて）有難う存じます。花輪、喜べ、貴公の死は、決して無駄には終らなかったぞ。

舞台暗転のまま、この巻のその二、千代ヶ岡台場に移る。
舞台中央に小高い丘、左寄りに一むらの木立。丘上に、十二斤鉄加農砲一門を据えつけ、その前に砂嚢、土俵、材木を積んで、胸壁を築いてある。遠く、臥牛の姿をした箱館山を望み見る。
中島三郎助、恒太郎、砲座の傍らに立ち、中島隊士は刀に手をかけて、左手に群《むらが》る平山、小次郎等の民兵と対峙している。

三郎助　（眼を怒らして）さ、引き取れ。千代ヶ岡台場は、中島三郎助持ち、浦賀同心隊の墳墓の地だ。其方らのような新徴民兵を数に加えることは罷りならん。引き取れ。
恒太郎　引き取れというのが分からんか。
平　山　いや、吾ら民兵は、榎本総裁の御指図によって差遣せられた者、再び御命令のないうちは、一歩も退きませぬ。総裁始め本丸詰の諸役人が、奥蝦夷に落ちのびる手配を整えられるまでは、吾らはこの台場を戦い守って敵の進撃を遮り留めます。
三郎助　何、奥蝦夷へ落ちのびられると。最前から、そのような痴《たわ》けた事をわめき立てておるが、榎本総裁は、五稜郭に於いて衆と共に決死籠城の覚悟を極わめておられるのだぞ。貴様ら如き民兵に、吾が党謀策の根本が分かって耐まるか。さ、引き取れ。五稜郭へ引上げい。
恒太郎　行かぬか。莫迦め。（中島隊士に）構わん。民兵共を追い払え。千代ヶ岡の砦を、百姓漁師の血を以て穢すことは、浦賀同心隊の上無き恥辱だぞ。追い帰せ。

中島隊士、民兵に迫る。

恒太郎　構わぬ。斬って捨てろ。
小次郎　ええい。愚図々々ぬかすだら、こいつ等から先きにやってしまえ。

民兵、騒ぎ立つ。

平　山　（制して）待て。迂闊に手出しをしてはならぬ。今にも中島隊の使者が、五稜郭から立ち帰って来れば、すべて分明いたす事だ。それまでは、胸をさすって待っておれ。
小次郎　だと言って、あんまりおら達を踏みつけにしやがるから――
平　山　早まるな。九仭《きゅうじん》の功を一簣《いっき》に缺くとは、此処《ここ》の事だぞ。静まれ。（と制止する。三郎助に向い）中島隊長に申し入れます。
三郎助　何だ。
平　山　使者の立ち帰るまでは、吾ら民兵に於いても一同結束の上、必ず事を構えませぬから、中島隊に於かれても猥《みだ》りに争いを引き起さぬ様、充分に隊士をいましめられたい。すべて、榎本総裁の御裁断を仰ぎましょう。

恒太郎　いや、御裁断など待つまでもない。とかくの裡に薩長賊が攻め寄せて参らば、中島隊は貴様ら民兵と枕を並べて討死せねば相ならん。それこそ浦賀同心隊の名の廃《すた》れだ。父上、この上は是非に及びません。たとえ、こやつ等が――

平　山　待たれい。では、万一吾らの申す通り、民兵隊の千代ヶ岡御差遣が榎本総裁の御指図であった場合には、お身方は、総裁の御本意をないがしろにした不忠者と相成りますぞ。

恒太郎　何。

三郎助　待て、恒太郎。平山の申し条も一理ある。よし、では、使者の立ち帰るまで待とう。中島隊は此処に集まれ。防戦の手筈を、今の間に伝えておく。

中島隊士は、丘の上、三郎助親子の周りに円陣を作る。

平　山　民兵隊は、此処に集まれ。

民兵は、平舞台左寄りのところに円くなる。

平　山　言うまでもなかろうが、榎本閣下に度重ねて懇請いたした甲斐あって、ついに漁場取り締りの悪法を停止せられた。ここに総裁直筆の御墨付がある。吾等の誠心が天に通じて、民苦を救うことの新政治が宣布せられたのだ。よいか。たとえ五稜郭が陥って、一旦は奥蝦夷へ退くとも、吾等は飽くまで、この実権政府を守らねば相成らん。もし、薩長に榎本総裁を奪われ、漁場一帯が再び江戸総督府の手に落ちれば、お身方は昔の儘の虐政の苦しみに遭わねばならぬぞ。よいな、榎本総裁始め実権政府を守る事は、とりも直さず村に残したお身方の親子兄弟を守護するに外ならぬのだ。よいな。

民　兵　よく分っとるだ。

平　山　恐らく未曾有の激戦と相成るだろうが、乱軍の際、もし平山が銃丸に当って倒れたならば、誰でもよい、拙者の懐ろから、この御墨付を抜き取り、必ず失わぬように心をつけて貰いたい。

民　兵　ようし、決して失うこんではねえ。

民　兵　皆して、きっと引受けるだ。

平　山　民兵のなかにも、この大事の場合に参り合わず、密かに逃亡をもくろんだ卑怯者もないではないが、しかし、ここに集まる限りの者は、飽くまで志願貫徹のために働いて貰いたい。村に残した親子兄弟のために、仮りにも卑怯未練の振舞いを見せぬようにな。

小次郎　それの分からぬものはあるめえ。なあ、皆の衆。（一同、口々に応ずる。）

民　兵　多五郎の奴あ、なんちう腰抜けだべ。

民　兵　そらあ、榎本方の侍に叔父が殺されたのは気の毒だが、だからちうて自分ひとり仲間を抜けて済むもんでねえ。

民　兵　なあに、あの野郎、戦さが恐くなったもんだで、叔父のことにかこつけて、こそこそ逃げ出しゃあがったんだべ。

丘の上では――

恒太郎　（円座の中から立ち上って）父上、大ぶ手間が取れますな。五稜郭へ立てた使者は、一体どうしたのでございましょうな。
三郎助　うむ、もう帰らねばならぬ刻限だが。おお、来たかな。

兵卒、庄兵衛を伴って、左手から出る。

兵　卒　隊長、この者が民兵をたずねて参りましたが、面談を許しても差閊《さしつか》えございませぬか。
三郎助　おれは知らぬ。民兵に言え。
兵　卒　はい。（庄兵衛に）それにおるから、会って参れ。（去る。）
庄兵衛　（進み出て）おう、平山様、小次郎もこれにおったか。
平　山　おう、庄兵衛どの。
小次郎　叔《おっ》つぁんか。久しく会わねえなあ。
庄兵衛　おう、おう、村の衆の顔も大ぶ見えるな。みんな息災で、何より目出たい。
小次郎　けんど、おめえ、一体、何んとして出かけて来たのだ。
庄兵衛　それがどうもこうも無い。実は、とうとう一昨日の明け方、浜一帯に騒ぎが始まってな。

平　山　えっ。（驚く。）

庄兵衛　そら、毎年のようにな、今年も問屋船が番所役人と馴れ合いで、昆布の若生いを盗み取りはじめたのでな。それで、村の衆は、先ず下手《したて》からおとなしく番所へ訴え出たけれども、例によって根っからお取り上げげにならぬのでな。

小次郎　うむ、うむ、それで。

庄兵衛　とうとう肚《はら》を据えかねて、今年は番所の人数も手薄だ。請負人に日頃の恨みを思い知らすにゃあ、こんな好い折は無いと言って、一昨日の日の引き明け方、村中ほっつ船を漕ぎ出して、問屋船を三艘がところ、沖へ沈めてしまった騒ぎだ。

小次郎　ふうむ、そうか。

庄兵衛　何よりそれをお前方の耳に入れて置こうと思って、夜がけで山を越して来たが、やっと五稜郭へ辿りついてやれやれと思うと、またこっちだと言われたものだから、もう腰が折れそうになってしまった。五稜郭では、何かしきりと大きな荷造りを拵えていたが、あれは一体何であろうな。

小次郎　ふうむ、では、もう立退きの仕度が捗《はかど》っただな。

平　山　庄兵衛どの、早まった事をして呉れたな。

庄兵衛　えっ。（意外な面持。）

平　山　即刻、茅部へ立ち帰ってな、二度と再び騒ぎを起こさぬように、村人たちを説き回って貰いたい。

庄兵衛　えっ。そりゃあ、また、どういう訳で。

平　山　実はな、吾ら多年の念願がかなって、漁場請負人、問屋一手買いの仕来たりが、今、改まった矢先なのだ。そこへそのような不穏の企てが聞えては、折角の好機をまた取り逃がさぬとも限らぬ。さ、匆々に立ち帰って、村の衆に説いてくれ。決して事を荒立ててはならぬ。平山始め民兵一統が、命を的に榎本方の実権政府を守り立て、漁場取り締りの悪法を必ず停止いたすから、何かの指図をするまでは決して猥《みだ》りに立ち騒いではならぬ。よいな。村人達にそう申し伝えい。

庄兵衛　やれやれ、それはとんだ無駄骨を折りました。もう箱館は戦さの最中で、年寄り一人じゃ危ないと言われたのを、お前方の喜ぶ顔が見たいばっかりに剛情を張って出て来たが、そうとは夢にも思わなんだ。いや、こういううちにも心が急《せ》く。それでは直様《すぐさま》、引返して——

平　山　おう、頼むぞ。

小次郎　まあ、待てや、叔《おっ》つぁん、その体で夜どおし山越えをして来ちゃ耐まるめえよ。ここも直きに戦さだが、それまで少し休んで行けや。

平　山　いや、一っ時を争う場合だ。すぐに行け。

庄兵衛　おお、そうしましょう。

小次郎　叔《おっ》つぁん、それじゃあ達者で暮らせ。

庄兵衛　おう、皆の衆も達者でといいたいが、今度はよほどの負けいくさらしい。村の方は引きうけるから、お前方もわし等のためにどうか命を捨てて働いて下され。

小次郎　なあに、今こそ旗色が悪くても、じきに盛り返して見せるからな。

庄兵衛　うむ、うむ。では、皆の衆、御免下さい。（左手へ行く。）

左手から、使者に立った中島隊士ひとり、急ぎ足に出て来る。庄兵衛に衝き当る。

使　者　えい、気をつけろ。

庄兵衛、去る。

三郎助　（見て）おう、待ち兼ねたぞ。榎本閣下は、何と言われた。

三郎助親子、中島隊士、民兵、いずれも使者の傍へ詰め寄る。

使　者　隊長、残念にござります。

三郎助　何。

使　者　民兵隊は、確かに閣下の御指図によって、千代ヶ岡へ差し遣わされたそうにございます。

三郎助　そうか。

使　者　もし中島隊に於いて、総裁閣下の御厳命に背くならば、吾が党加盟の同志の数から除外すると仰せられました。

三郎助　何、同志の縁を絶つと申されたか。

恒太郎　父上、父上。
三郎助　して、民兵共が申すように、奥蝦夷へお立ち退きの御意嚮があるか無いか、それを確めて参ったか。
使　者　総裁閣下の御心中は、中島隊にも民兵共にも分かっていよう。答えるに及ばぬと仰せられました
三郎助　して、談判破却の軍使は、確かに薩摩方へ送られた様子か。
使　者　確かに一っ時ばかり前、三人ほどの軍使が大手門を出ましたそうにございます。
三郎助　そうか。いや、閣下の御決意にさえ変りがなければ、それでよい。その他の事には、何か総裁の深い思召しがあるのであろう。
恒太郎　父上、それだと申して、みすみすこの砦を――
三郎助　控えい。今となってはやむを得ぬ。民兵差図役。
平　山　はい。
三郎助　閣下の御命令とも知らず、其方等《そのほうら》を押し阻んだのは、中島隊の誤りだ。だが、この三郎助は、其方等に戦さの指図はせぬ。敵方襲来の折も、浦賀同心隊は民兵共と別行動を執るぞ。
平　山　よろしうございます。吾ら民兵は一手に敵を引きうけましょう。

俄かに大砲の音。

三郎助　おう、いよいよ攻めて参ったな。中島隊、集まれーい。

中島隊士、丘の上に集まる。

三郎助　惣員、部署につけーい。

隊士、胸壁を守る。

平　山　民兵隊、集まれーい。

民兵、平舞台に集まる。

平　山　中島氏、失礼乍ら、民兵隊は先陣を承わります。(民兵に) 散開。

民兵、銃を構えて散兵列を敷く。

平　山　進めーっ。

民兵、散開のまま、右手へ前進し去る。

三郎助、恒太郎、部下を督して、鉄加農を発射する。敵の砲弾、飛来する。中島隊士、次ぎ次ぎに倒れる。

民兵、薩長兵と切り結びながら、じりじりと押されて来る。中島隊士も抜き合わせる。

平　山（刀を合せながら）や、おのれは大野弁之助だな。畜生、さては敵方に内通して、道案内の役を勤めおったな。犬め。畜生め。

大　野　何を。（切り結ぶ。）

平山、大野を倒す。

小次郎（銃の台尻を逆様に振り立てながら）うぬ、負けるものか。負けるものか。

民兵、必死の働きをして、薩長勢を追い返して行く。あとには伏屍累々。

舞台には、中島親子のみ。二人、再び鉄加農をつづけ様《ざま》に発射する。

英次郎、左手から走り出る。

英次郎　父上。父上。五稜郭は、既に降服いたしましたぞ。

三郎助　何っ。（愕然とする。振り返って、左手を見込む。）おうっ、何時の間にか、白旗を掲げておるな。
恒太郎　うむ、切り落した櫓あとに、降服の旗じるしを挙げておる。
三郎助　無念だ、無念だ。――恒太郎、英次郎、吾々親子はだまされたのだぞ。
二　人　父上、父上。（抱きつく。）
三郎助　（歯がみをして）榎本の残虐人め、吾々親子の忠節を弄《もてあそ》びおったな。品川脱走以来、はや一年の艱難辛苦は、この様な不信軽佻の輩《やから》に尽す無駄骨折であったのか。吾々親子の決意堅しと見てとって、偽って人を死地に送り、その隙に白旗を掲げて敵に款《よしみ》を通ずるとは、言語道断、実に見下げ果てた所業だ。
恒太郎　父上、不覚の至りでございました。かかる邪智佞奸の鼠輩《そはい》の口車に載せられて、むざむざ犬死を遂げるとは、浦賀に残した母上に対しても、恒太郎、面目が相立ちませぬ。
英次郎　父上、今となっては吾々親子は、何のために戦えばよいのでしょう。一年の間、ただ榎本総裁を信じ、この人のために生死を忘れ、この人のために苦難を凌いだ親子三人は、天下の大莫迦者でございました。
三郎助　よし、この上は、せめて怨みの一弾を打ち込んで、吾々親子の悲憤の思いを知らせて呉りょう。

砲身を旋回して、発射する。三人、悲痛な声を絞って高笑う。
弾丸飛び来って、傍らに落下。三人、血潮に染まって倒れる。

平山、小次郎、その他の民兵、引き返して来る。

平　山　中島氏、民兵隊は、敵の一番寄手を追い退けましたぞ。（三人の屍と砲身とを見て）おう、この態《てい》は何としたのだ。

小次郎　（左手を見て）や、や、や、五稜郭に白旗が上ったぞ。

平　山　何っ。おう、そうか。畜生っ。

民兵、口々に騒ぎ立てる。

平　山　榎本めに、たばかられたか。（懐ろから、墨付を引き出して、ずたずたに引き裂く。）この墨付は、一片の反故《ほご》にも等しかったのか。小次郎、無念だ。

小次郎　平山様。

平　山　皆の衆、この平山は、お身方に合せる顔がない。許して呉れい。幕府の施政に慊《あきた》らず、また薩長の新天下に慊《あきた》らず、幾度か徒党を語らって下民救済のために事を挙げながら、今、榎本の共和新政治の美名にまどわされて、徒らに同志の血潮を流した罪は、何を以てか償い得よう。平山一生の過ちだ。許してくれい。たとえ幾たび、上《かみ》に立つ者が代ろうとも、民百姓が吾が手を以ておのれ等の難儀を救わぬ限りは、決して世の不正不義は跡を絶たぬ。ただこれだけの物の道理が、なぜ平山には分からなかったのか。

小次郎　平山様、愚図々々してはいられねえ。一っ時も早く村さ帰って、皆の衆を助けにゃなんねえ。
平　山　おお、そうだ。最前も庄兵衛に対し、漁場請負の悪法は取り止められた、問屋船に刃向かうなど、愚かな指図を致したは、返す返す不覚の至りだ。小次郎、皆の衆、さあ一刻も早く村へ帰ろう。
小次郎　そうだ、村さ帰って、問屋船と闘わにゃなんねえ。

民兵達、左手へ行きかかる。

平　山　(向うを見込んで)やっ、しまった。敵に退路を絶たれたかっ。
小次郎　ちえっ、残念だ。誰か、抜け道を教えやがったな。
平　山　よし、かなわぬまでも、あの大軍へ斬り込んで、一方の血路を切り開こう。

民兵達、花道へ駈け向う。揚幕から薩長兵が群《むらが》り出て、民兵を追い戻してゆく。右手からも、薩長兵殺到。

小次郎　(手を負って、闘いながら)平山様、おらあもう駄目だ。お身様だけ切り抜けて、村の衆に今の事を伝えて呉《け》れ。
平　山　うむ、引受けた。

平山、激しく斬り立て、やがて薩長兵の間を潜りぬけ、一散に花道を走り去る。
民兵すべて倒れ伏し、小次郎一人となる。薩長兵、小次郎の肩から切り下げる。

小次郎　（虚空を摑んで）村の衆――あとを――頼んだぞ。（ばったりと倒れる。）

薩長兵の後から、民兵多五郎が進み出て、小次郎の屍骸に抱きつく。

多五郎　小次郎、おらあ、裏切ったのではねえど。敵に内通したのではねえど。脱走の途中で虜にされて、抜け道を案内しろと抜き身で皆に脅されただ。許してけれ、許してけれ。おめえらの傍を離れたばっかりに――

隊長、傍らの兵卒に目くばせをする。多五郎、後ろから袈裟掛けに斬り下げられる。
薩長兵、うごめく死体を斬って廻る。
右手から、永山友右衛門、兵卒を従えて出る。

永　山　（丘の上に立って）勝鬨《かちどき》。

薩長兵、三たび鬨の声を上げる。

永山　箱館戦争最後の砦も、今、征討軍の手に落ちた。之を以て、明治新政府の全国大号令は、完備いたしたのだ。其方等抜群の勲功に対しては、東京総督府になり代り、篤く礼を申し述べるぞ。

隊長　（向うを見込んで）おう、永山軍監、敵方降参人の駕《かご》が参りますぞ。

永山　左様か。お出迎え申せ。

隊長　整列っ。

薩長兵、舞台へずらりと横隊列を作る。

花道から、中川梶之助を先頭に、薩長兵、三台の駕を護衛しながら出て来る。駕脇の者、帯刀を持っている。

隊長　捧げーえ、筒。

舞台の薩長兵、一斉に銃を捧げる。

駕、本舞台へかかる。

永山　おう、待て。お駕をとめい。（駕、舁《か》きおろされる。）中川君、参考人の——いや、榎本総裁の御帯刀を、何ゆえ取り上げたのか。

中　川　はい。別に御命令を承わり置きませんので、一存を以て取計らいましたが。

永　山　粗忽千万《そこつせんばん》な。すぐ様、御帯刀をお返し申せ。

中川、護衛兵に指図して、帯刀を駕に入れる。

永　山　榎本氏、御無礼の段々、平に御容赦下さい。これより箱館市中へ御越しを願い、猪倉屋《いのくら》と申す町家に於いて、一先ず御休息下さる様。匆忙の際と申し、別して陣中のこと、格別の御持てなしは致し兼ねますが、これまでも薩長方に殊の外の奉公を抽《ぬき》んでました箱館問屋小林屋重吉と申す者の取り賄《まかな》いによって些か酒肴の用意を整えおきました。お心静かに、お越し下さい。

榎　本　(駕のなかで) 種々御配慮の段、感佩《かんぱい》仕ります。唯今、これへ参る途中、行く先々に横たわる吾が党同志の屍を見て、ただただ、おのれの不覚を思い、そぞろ暗涙にむせびました。つづく駕の大鳥、荒井も、おなじ胸中と推察します。

永　山　(周囲の屍体を指さして) さりとは、お心の弱い。この屍の上にこそ、明治御新政の礎が揺ぎなく打ち立てられたのでござる。邦家百年の大計のため、臆する心なく、この屍の一つ一つを踏みしめて行かれたい。(中川に合図する。)

中　川　それ、お駕を上げい。

駕、徐ろに右手へ去る。

付記　必ずしも、謂《いわ》ゆる「正史」に拠らず。

――幕――

初演の覚え書

久保　栄

この作品は、謂ゆるスタンダード劇としては、私の五つ目の制作である。一九三〇年に、新築地に上演された処女作「新説国姓爺合戦」、三一年に大阪の構成劇場と菜っ葉服劇団が住友争議応援のために上演した「漁民」、三二年左翼劇場の九月から十一月のカンパのために執筆した「中国湖南省」「逆立つレール（第一部）」、そして、この「五稜郭」である。そのほかに、「五月近し」「ドニエープル発電所」以下の長短アジ・プロ劇十篇ほど、「パン」「青酸加里」「謹賀新年」「トルクシブ鉄道の建設」等のアレンジ、「日の出前」「織匠」以下十種ほどの戯曲の翻訳、ＩＡＴＢの紹介論文その他、これ等が旧築地以後の私の文筆活動の総計である。

そして、今度の「五稜郭」は、この期間に於いて、屢々劇場人としての多忙な仕事のために中断されながらも、年余にわたって根気よく執筆を続けた努力の作であり、これが吾々の文化運動の根城「築地小劇場」の第十年記念という輝かしいカンパニアに脚光を浴びることは、最も喜びとするところである。

要するに、この戯曲は、現在の支配体制の礎が置かれた重要な時期であり、またブルジョア演劇が自己の反動的役割を果すために好んで取り上げる題材であるところの「明治維新」に対する、我々の側からの芸術的解明の一つの試みであり、従来我々の作家によって、殆んど全く閑却されていたこの未墾地にむかって打ち込んだ一つの小さな鍬である。現在の支配体制が、七十年の昔どういう政治的経済的要因によって打ち樹てられたか、どういう権力と権力との結びつきによって確立されたか、それは単なる資本家地主政府であるか無いか、また先進帝国主義の手による最初の世界分割の過程が殆んど完了し、ただ極東のみが彼等の植民地争奪、資本の侵略の争いのために取り残されていた時機に、そういう国際状勢が明治維新にどう反映しているか、これらの具体的な分析解剖のために、私は筆を執ったのであるが、しかし残念な事に、私は二百六十枚を費しても、この日本の南北戦争――官賊の闘争を充分に前述の意図を生かして形象化する技術を持たなかった。ただ吾々が当面の必要から、従来の吾々の歴史劇よりも、はるかに飛躍した発展的形態に於いて、史実を描かなければならないという事、吾々の歴史劇とは、任意の時代の階級闘争の姿を、あれこれと取上げるべきでなく、現代のプロレタリアートおよび一般被圧迫大衆にとって最も教訓を含んだ一時期を、全人類史の合法則的発展の一環として描き出す時、決して現代的テーマを描いた作品に劣らない直接的な意義と効果を持つものであるという事の、一つの示唆たり得れば、作者の労力の大半は酬いられたと言っていい。吾々の同志達は、この作品を一つの具体的な参考資料として、その厳正な批判の上に、吾々の新しいジャンルとしての歴史劇の問題を解決し、さらに実践に於いてそれを推し進めて呉れるだろう。

作者としては、すべてをそれに譲って、申し訳めいた言葉をこれ以上書き加えることを避けたいと思う。

（一九三三・六月「築地小劇場」）

「前進座」の再演にのぞんで

久保　栄

この戯曲は、もともと「前進座」のために書いたもので、執筆中、幾度も座から督促を受け、また幾度も候補脚本に挙げられたのですが、何分にも二百五十枚を突破する大作なので、ほかの出し物との釣合のうえから、上演の機会を容易に見出すことが出来なかったのです。

そのうち、築地小劇場の第十年記念の公演に、新劇俳優を網羅した配役によって舞台にかけられ、作者として思いがけなかったほどの反響を得ました。この上演は、内容的には作者の望むものが比較的正確に表現されましたが、しかし形式の上では、元来が大劇場向きに花道や廻り舞台を予想して書いた脚本だけに工合の悪いところも所々出来たようです。で、それと対照して、今度の前進座の上演が、どういう成果を生むかということは、作者として何よりの楽しみです。

この脚本のなかで、私は明治維新を全然従来の史劇とは別の、新しい観点から描き出そうと努めたのです。維新戦争は、諸外国の眼には、日本の南北戦争として映っていたのですが、東洋植民地の争奪に血眼になっていた英仏は、一方は薩長南軍に支援を与え、一方は幕府北軍の味方について、列強の局外中立の宣言のうらで、この戦争の蔭に大きな役割をつとめたのです。横須賀製鉄所にいた仏蘭西軍事教導団の士官は、江戸城明渡しの後、榎本武揚の率いる脱走艦隊に搭乗して、蝦夷地占領の軍事行動に加わったのですが、この仏蘭西士官の眼から見れば、時の海軍副総裁榎本武揚も、一箇の植民地軍閥に過ぎなかったようです。

維新戦争を中心に行われたこの国際外交史上の大きな争いは、これまでの舞台に正しく反映されたことが殆んどなかったと思います。それと並んで、国内の諸事情も大分これまでの歴史観では見落された部分があります。たとえば、この作に出る郷士平山金十郎や漁民たちの英雄的な行動は、従来の箱館戦争の歴史では全く問題となっておりません。これらの点を強調して、維新戦争の最後の舞台である五稜郭の砲煙のなかに時代の滔々たる流れを幅ひろく描き出すことが、私の作品の目的であったのです。

古い伝統の礎のうえに新しい技術を築き上げてゆこうとする長十郎、翫右衛門君等の「前進座」が、三周年記念の颯爽たる意気込みで、この新しい史劇をどう生かしてくれるか。この月、方々の大劇場にかかる維新劇とこれとの間に、どんな相違が現われるか、再び繰返して申しますが、作者演出者としての私の期待は、何よりもここにかかっております。

（一九三四・六月、前進座絵本筋書）

戦後・新演出にあたって

久保　栄

四年前、小山内薫先生の二十周年を記念するため「火山灰地」第一部の演出を引受けました時の文章に、ベッドからぬけ出して俳優座の稽古場へ行き、帰るとすぐまたベッドに入ると書きましたが、今度も同じようなことをくり返しております。稽古場での仕事は、重労働の一種に属しますので、一と月なら一と月のあいだ、責任を持って演出者のデスクを守るということが、ここしばらくの間わたしには出来なかったのであります。

臥て引込んでいた人間が、こんなことを言い出しては申しわけないですが、今度の創作劇競演のようなやり方では充分な成果が上らないということは、新劇史の上では既に実験ずみなのではないかと思います。今年のは、Aの劇団が創作劇で押し通すと宣言したのに対し、Bの劇団もCの劇団もそれではといって意地の張りっくらをしたようなもので、厳密に言えば系統立った努力とは言えなさそうです。新劇史の常識をいいますと、創作劇を富ますためには、一方で外国の古典・近代古典と、一方で自国の過去の作品の再批判的な上演を並び行うことが欠くべからざる条件なのであります。このうち外国の古典の再批判というのは、そういう種類の脚本を時に応じてただ無規準にとり上げるというような態度を意味するのではなく、それを系統的にレパートリーに組み入れて、新しい世界観に基づく再批判の角度から舞台にかけることをいうのであります。わたしは、境遇（シチュエーション）と性格（キャラクター）とを典型化して描くことを以て、劇作の大道と心得ているものでありますが、世界の古典を今いう手順で上演して、その優れた形象力とそのかげにある歴史的な制約を、新劇当事者が観客とともに見極めることがなければ、新しい劇術もそれに対する観賞力も生れない筈のものだからです。同じような意味で、自国の劇術の過去の到達点と対決することが必要なので、新劇の伝統が貧しいなら貧しいなりに、その貧困の根拠をつきとめることが新しい戯曲を書くための糧となるに相違ないからであります。これを怠ると、大変に新しいつもりで書いた作品が、実は古びた歌のくり返しであったというような不幸な矛盾に遭うこともないとは限りません。こういう風に、外国の古典を再批判的に学び、自国の過去の到達点と絶えず対決しながら、充分な準備を整えて慎重に創作劇をレパートリーに加えていくというのが、一番効果のある方法だと私は信じるのです。その暁には、だんだんに目の肥えていく観客達のなかで、創作劇の正しい腑分けが行われ、一つひとつの上演が、不当な評価にさらされる率も少くなりましょう。こういう方針で上演される新作は、必ずその劇団の対社会的な信用を高めるものになるか、或は少なくとも問題作として何らかの教訓を残すことにもなりましょう。

新劇の現状について、劇団民藝から意見を求められました時にも、わたしは以上のようなことを述べたのです。では、その自国の過去との対決という課題のために、君は君の作品から何を選ぶかという再度の問に答えて、わたしはとり敢えず「五稜郭血書」と「火山灰地」の名をあげましたので、この二つの作品の再演ということが、民藝ではもう大分前から問題になっていたのでした。今度民藝が新橋演舞場で出す筈だった新作が間に合わないで、急に「五稜郭血書」が選ばれたのには、言ってみれば、かげにこれだけの用意があったわけであります。

＊

誰でも気づいていることでしょうが、明治維新と現在とは、或る意味では瓜二つといってもいいほどの歴史的な似通いかたをしております。共に民族の試練の時であったということ、そういう時期でありながら、ともにその変革の過程がきわめて不完全に、また緩慢に行われて、民衆の期待にそむいたということなどが挙げられましょう。無論そこには、前の場合には危機としてしか感じられなかったものが、今度の場合には実現してしまったというような根本的な相違があるにしてもです。従って、戊辰の役の終局に当る箱館戦争を扱ったこの戯曲が、若し対象とする時期を正確に本質的に描きとめているならば、必ずや現在の観客の心に、つよく訴えかけるものがある筈です。そういった歴史的な相似を持ちながら、なお且つこの旧作の再演が迫力に欠けているなら、わたしは、いさぎよくこの作品を新劇のレパートリーからとり下げることにもしましょうし、幸いにそうでなかったなら、築地小劇場に於ける初演、前進座での再演から糸をひいて、「五稜郭血書」が新劇のレパートリーの一つとして演じ継がれることにもなりましょう。われわれの演目表に残るものが、たとえば「どん底」とか「桜の園」とかでしかないということは、決して日本の劇作家にとって名誉なことでもありませんし、すでに言う通り、過去の仕事との対決なしに、新しい作品を書くという困難を後進者が冒さなければならないという意味で不幸なことでもありましょう。

新劇のこういう根本方針に結びつけて今度の舞台を見て頂くために、初演当時の作者の言葉を要点だけ再録しておきます。十九年前に私はこう書いているのです。——明治維新は、現在の支配体制の礎が置かれた重要な時期であり、既成演劇がその反動的な役割を果すために好んで取り上げる素材でもあるが、これに対するわれわれの側からの芸術的解明は、今までほとんど試みられなかった。「五稜郭血書」は、この未墾地に打ち込んだ一つの小さな鍬である。現在の体制が、七十年の昔、どういう政治的経済的な要因によって、どういう権力と権力との結合の上に、何を犠牲にして築かれたか、乃至は、当時の官賊の争いを日本の南北戦争と見做した諸外国の動きが、どう国内に反映しているか、こういった事実の具体的な描写をめざして筆をとったのではあるが、残念ながら二百六十枚の枚数を費しても、私はその意図を充分に形象のうちに生かすことが出来なかった。ただわれわれが、当面の必要から、歴史劇の水準を飛躍的に高めなければならないということ、われわれの歴史劇とは、ただあれこれと任意の時代の史的再現を試みればいいのではなく、現代の大衆にとって最も教訓を含んだ或る時期を、言うならば全人類史の合法則的な発展の一環として描き出す時、はじめて現代的なテーマを扱った作品に劣らない直接の芸術的意義と効果とをもつものであるということの、これが一つの示唆たり得れば、作者の努力の大半は酬いられたと言っていい、と。

＊

稽古に疲れ果てて、臥たまま家のものに口述しましたので、意をつくしません。

（一九五二・十二月「民藝の仲間」第七号）

上演記録〔1〕

築地小劇場 創立第十年記念 改築基金募集 公演

『五稜郭血書』五幕

一九三三（昭和八）年・六月二十五日——七月五日 於・築地小劇場（毎夕六時・土日昼一時）

演出 千田是也　装置 中川一政　照明 篠木祐男
久保栄
効果 市川元　衣裳 左翼劇場 衣裳部　大道具 小道具 製作 劇場美術労働者集団（TLAB）
小島正雄　新築地
演出助手 橋本啓一　舞台監督 依田一郎
杉原貞雄　米山彊

配役 平山金十郎（薄田研二）花輪五郎（鈴木万喜多）小太郎（欠）庄兵衛（木村太郎）お浅（三好久子）小次郎（藤ノ木七郎）佐七（西康一）小林屋重吉（嵯峨善兵）居留地お竜（伊藤智子）住吉丸の松五郎（浮田左武郎）築島の蓮蔵（寄山弘）福島屋嘉七（久保春二）中川梶之助（丸山定夫、秋山槐三）箱館府兵（青本直、武内武、宇野重吉、河島淳一）若い衆一、二（三島雅夫、荒木比呂

志）下女お辰（山川好子）老婆（原泉子）南京人の飴売り（安英一）子供（薄田ツマ子、薄田象三等）世話役（永田修二）
榎本武揚（瀧沢修）大鳥圭介（柏原徹）荒井郁之助（永田靖）永井玄蕃（三島雅夫）高松凌雲（田井輝夫）土方歳三（佐々木孝丸）かぴたん・ぶりゅーね（三浦洋平）かずぬーぶ（秋山槐三）ふぉるたん（仁木独人）中島三郎助（前山清二）中島恒太郎（勝太介）中島英次郎（鈴木万喜多）大野弁之助（東建吉、松本克平）水夫（宇野重吉、薄文哉、山田実、酒井三郎、寄山弘等）寅蔵（市川岩五郎）多九郎、多五郎（中村進五郎）小柴長之助（木村太郎）大塚鶴之助（市川岩五郎）奥山八十八郎（宇野重吉）大橋大蔵（薄文哉）新十郎（松村武志）箱館商人（芳沢秀雄、奥村弘）田本研造（永田修二）あんだあそん（千田是也、柏原徹）田島敬蔵、後に永山友右衛門（仁木独人）その他。

〔2〕

前進座創立満三周年記念興行
維新史劇
箱館戦争『五稜郭血書』五幕六景
（ほかに、長谷川伸「飛びっちょ」南北「謎帯一寸徳兵衛」）
一九三四（昭和九）年・六月一日――二十日　於・新橋演舞場（毎夕四時半）

演出久保栄　装置金須孝　演出助手宮川雅青

配役　平山金十郎（河原崎長十郎）花輪五郎（瀬川菊之丞）小太郎（欠）庄兵衛（中村鶴蔵）お浅（山岸しづ江）小次郎（市川岩五郎）佐七（市川菊之助）小林屋重吉（助高屋助蔵）居留地お竜（河原崎國太郎）住吉丸の松五郎（市川駿三郎）築島の蓮蔵（山崎島二郎）福島屋嘉七（中村進五郎）中川梶之助（市川筵司）箱館府兵（坂東みのる、市川楽三郎、市川笙二、沢村千代太郎）若い衆一、二（中村公三郎、沢村比呂志）下女お辰（嵐芳三郎）老婆（岬たか子）南京人の飴売り（中村藤之助）世話役（中村門三）

榎本武揚（中村翫右衛門）大鳥圭介（市川笑太郎）荒井郁之助（中村進五郎）永井玄蕃（中村鶴蔵）高松凌雲（市川楽三郎）土方歳三（橘小三郎）かぴたん・ぶりゅーね（瀧沢修）かずぬーぶ（嵯峨善兵）ふぉるたん（仁木独人）中島三郎助（坂東調右衛門）中島恒太郎（山崎進蔵）中島英次郎（瀬川菊之丞）大野弁之助（市川笙二）水夫（中村公三郎、中村藤之肋、市川筵司、山崎島二郎等）寅蔵（市川岩五郎）多九郎、多五郎（坂東みのる）小柴長之助（市川駿三郎）大塚鶴之助（嵐芳三郎）奥山八十八郎（沢村比呂志）大橋大蔵（中村公三郎）新十郎（中村門三）箱館商人（山崎長兵衛、市川征司）田本研造（沢村千代太郎）あんだあそん（市川笑太郎）田島敬蔵、後に永山友右衛門（助高屋助蔵）その他。

〔3〕

劇団民藝公演
『五稜郭血書』五幕
一九五二（昭和二十七）年・十二月十四日——二十八日　於・新橋演舞場（毎日　正午・五時半）

演　出　久　保　栄　　装　置　伊　藤　熹　朔　　照　明　穴　沢　喜美男
効　果　園　田　芳　龍　　演出助手　早　川　昭　二　　　水　品　春　樹
　　　　　　　　　　　　　　　　　小　林　吉　男　舞台監督　若　杉　光　夫
　　　　　　　　　　　　　　　　　渡　辺　マ　サ　　　　　萩　野　隆四郎

配　役　平山金十郎（宇野重吉）花輪五郎（内藤武敏）小太郎（山内明）庄兵衛（伊達信）お浅（櫻井良子）小次郎（富田浩太郎）佐七（庄司永建）小林屋重吉（清水将夫）居留地お竜（細川ちか子）住吉丸の松五郎（芦田伸介）築島の蓮蔵（大滝秀治）福島屋嘉七（日野道夫）中川梶之助（宮阪将嘉）箱館府兵（松下達夫、垂水悟郎、下條正已、草薙幸二郎）若い衆一、二（佐野浅夫、福田秀実）下女お辰（小夜福子）老婆（北林谷栄）南京人の飴売り（佐々木すみ江）子供（奈良岡朋子、福島寿美子等）世話役（田武謙三）
榎本武揚（瀧沢修）大鳥圭介（大町文夫）荒井郁之助（大滝秀治）永井玄蕃（大森義夫）高松凌雲（下條正已）土方歳三（山内明）かぴたん・ぶりゅーね（伊達信）かずぬーぶ（垂水悟郎）ふぉる

たん（松下達夫）中島三郎助（佐野浅夫）中島恒太郎（内藤武敏）中島英次郎（福田秀実）大野弁之助（田武謙三）水夫（中野孝治、藤沢穆、斎藤雄一、井出忠彦）寅蔵（宇野重吉）多九郎（芦田伸介）多五郎（下元勉）小柴長之助（田武謙三）大塚鶴之助（斎藤雄一）奥山八十八郎（鈴木瑞穂）大橋大蔵（田口精一）新十郎（井出忠彦）箱館商人（中野孝治、宮阪将嘉）田本研造（下元勉）あんだあそん（大町文夫）田島敬蔵、後に永山友右衛門（清水将夫）その他。

〔4〕

文学座公演

『五稜郭血書』五幕

一九六九（昭和四十四年・二月六日――二十三日　於・国立劇場大劇場（二十一回）

演　出　岩村久雄　装　置　古賀宏一　照　明　梅田濠二郎

音　楽　間宮芳生　効　果　深川定次　衣　裳　森本由美子

中村靖之介

殺陣指導　刈谷潤　舞台監督　鈴木文弥　演出助手　長崎紀昭

八木喬

配　役　平山金十郎（菅野忠彦）花輪五郎（細川俊之）小太郎（石川徹郎）庄兵衛（今福正雄）お浅（寺田路恵）小次郎（宮崎和命）佐七（石立鉄男）小林屋重吉（加藤嘉）居留地お竜（杉村春子）

住吉丸の松五郎（飯沼慧）築島の蓮蔵（高原駿雄）福島屋嘉七（龍岡晋）中川梶之助（下川辰平）箱館府兵（三木敏彦・小瀬格・小林勝也・高橋悦史・加藤武・下川辰平・浜田晃・坂口芳貞・高木武彦・逢坂進・笠原弘孝・水谷邦久・塩島昭彦・岡田進）守衛隊士（笠原弘孝・高木武彦・逢坂進・水谷邦久）刑吏（坂部文昭・小西幸男・小林勝也・倉光和彦・阿部道雄）若い衆一（三宅康夫）二（川辺久造）下女お辰（矢吹寿子）老婆（田代信子）町人（信実和徳・山中貞則・金内喜久夫・原田大二郎・大出俊・江守徹）近所の老人（吉水慶）虚無僧（横光勝彦）南京人（島津元）飴細工屋（楠本章介）風車売（吉兼保）出前の男（逢坂進）祭の世話役（戊井市郎・秦和夫）神輿を担ぐ若者（秋元羊介・高橋弘信・鵜沢秀行・中子統雄・松岡道生・出口典雄・望月勲・石井強司・小笠原肇・猪瀬冬樹・遠藤勝・岡田進・清水俊男・寺内将・永井正夫・大林昌一・加藤義雄・中原福光）縄付の漁民（冷泉公裕・小林裕・黒木仁）子供（本山可久子・神保共子・宇津宮雅代・吉永倫子・服部妙子）アイヌ人（上見優子・宮島喜美・青野美穂子・古川幸夫）祭見物の人（赤座美代子・高井章子・小菅伸子・原田あけみ・吉野敬子・伊井利子・川畑佳子・佐藤耀子・新橋耐子・萩生田千津子・小石真喜・玉井碧・久井和子・浦川麗子・村田厚子・高橋あや子・鈴木仁美・竜のり子・藤野幸子・山口裕美・出口典雄・中子統雄・大林昌一・加藤義雄・中条康臣・佐々木勝彦・塩島昭彦・清水幹夫・福原一臣・村野武範）榎本釜次郎武揚（北村和夫）大島圭介（川辺久造）荒井郁之助（高原駿雄）永井玄藩（金内喜久夫）高松凌雲（三津田健）土方歳三（松枝錦治）田島敬之助のちに永山友右衛門（高橋悦史）かぴたん・ぶりゅーね（若林彰）かずぬーぶ（石川徹郎）ふぉるたん（林秀樹）中島三郎助（加藤武）中島恒太郎（細川俊之）中島英次郎（江守徹）大野弁之助（小瀬

格）寅蔵（三木敏彦）多九郎（小林勝也）喇叭手（山中貞則・笠原弘孝）砲兵（小西幸男・小笠原肇）水夫（鵜沢秀行・大出俊・秋元羊介・高橋弘信・坂部文昭・冷泉公裕・石井強司）決死隊士（信実和徳・浜田晃・大出俊・逢坂進・出口典雄・中子統雄・猪瀬冬樹・遠藤勝・岡田進・清水俊雄・寺内将・永井正夫・大林昌一・加藤義雄・中原福光・中条康臣・阿部道雄・佐々木勝彦・水谷邦久・清水幹夫・福原一臣・村野武範・横光勝彦・塩島昭彦）小柴長之助（飯沼慧）大塚鶴之助（坂口芳貞）奥山八十八郎（浜田晃）大橋大蔵（信実和徳）あんだあそん（三木敏彦）外国居留人（倉光和彦・原田大二郎）新十郎（高木武彦）箱館商人（戌井市郎・吉水慶）田本研造（笠原弘孝）多五郎（三宅康夫）崔（秋元羊介）李（冷泉公裕）居留人番兵（逢坂進・佐々木勝彦）見張役の声（小林裕）薩長傷病人（山中貞則・坂部文昭）南京人（島津元・鵜沢秀行・横光勝彦）小林屋の使用人（寺内将・永井正夫）市中巡見警護兵（大出俊・清水幹夫・福原一臣・村野武範・塩島昭彦）沖の口番所詰兵卒（出口典雄・中子統雄・小西幸男・高橋弘信・大林昌一・加藤義雄・中原福光・中条康臣・阿部道雄・寺内将・永井正夫）群衆（久井和子・玉井碧・田代信子・高橋あや子・赤座美代子・原田あけみ・高井章子・小菅伸子・吉野敬子・新橋耐子・小石真喜・望月勲・猪瀬冬樹・遠藤勝・岡田進・清水俊男・横光勝彦・水谷邦久・鈴木仁美・竜のり子・藤野幸子・山口裕美）医師（小西幸男）南京人（鵜沢秀行・中子統雄・出口典雄・古川幸夫・清水幹夫・福原一臣・村野武範・横光勝彦）中島隊々士（大出俊・島津元・高橋弘信・出口典雄・中子統雄・寺内将・永井正夫・阿部道雄・佐々木勝彦・清水幹夫・福原一臣・村野武範・横光勝彦）民兵隊々士（冷泉公裕・秋元羊介・黒木仁・松岡道生・小林裕・大林昌一・加藤義雄・中原福光・中条康臣・三木敏彦）薩長陸

揚隊（高木武彦・山中貞則・坂部文昭・小笠原肇・吉兼保・石井強司・水谷邦久・佐々木勝彦・阿部道雄・遠藤勝・塩島昭彦）薩長銃隊々長（石川徹郎）同隊士（原田大二郎・倉光昭彦・逢坂進・清水俊男）永井玄蕃の警護兵（小林勝也・高木武彦・水谷邦久）本丸詰兵卒（大出俊・島津元・高橋弘信・寺内将・永井正夫）中島隊々士（信実和徳・浜田晃・大出俊・原田大二郎・高橋弘信・金内喜久夫・島津元・寺内将・永井正夫・阿部道雄・佐々木勝彦・塩島昭彦・清水幹夫・福原一臣・村野武範・横光勝彦）新徴民兵（冷泉公裕・秋元羊介・鵜沢秀行・小西幸男・飯沼慧・大林昌一・加藤義雄・中原福光・中条康臣・黒木仁・松岡道生・中子統雄・小林裕・出口典雄・石井強司・小笠原肇・吉兼保）薩長兵（石川徹郎・小林勝也・坂部文昭・若林彰・山中貞則・石立鉄男・倉光和彦・高木武彦・逢坂進・水谷邦久・猪瀬冬樹・遠藤勝・岡田進・清水俊男・三木敏彦・笠原弘孝・林秀樹・古川幸夫・阿部義弘・望月勲・秋元隆・保科浩二）

久保《くぼ》　栄《さかえ》（1900～1958）

所属した劇団――築地小劇場　新築地劇団　左翼劇場　新協劇団　前進座　東京芸術劇場。並びに劇団民藝に参加。

主なる著書――戯曲『中国湖南省』『五稜郭血書』『火山灰地』『林檎園日記』『日本の気象』小説『のぼり窯』など。『久保栄全集』（三一書房）。

主なる演出――上記自作戯曲及び自訳ゲーテ『ファウスト』第1部，島崎藤村『夜明け前』など。

五稜郭血書《ごりょうかくけっしょ》

二〇〇九年六月二五日　初版第一刷

著者　久保《くぼ》　栄《さかえ》

発行所　株式会社　影書房

発行者　松本昌次

〒114-0015　東京都北区中里三―四―五
ヒルサイドハウス一〇一号

電話　〇三（五九〇七）六七五五

FAX　〇三（五九〇七）六七五六

E-mail：kageshobou@md.neweb.ne.jp

http://www.kageshobo.co.jp/

〒振替　〇〇一七〇―四―八五〇七八

本文印刷／製本＝スキルプリネット

装本印刷＝ミサトメディアミックス

©2009 Kubo Masa

落丁・乱丁本はおとりかえします。

定価　二、〇〇〇円＋税

ISBN978-4-87714-397-8 C0074

久保栄	久保栄演技論講義	¥2000
久保栄	日本の気象	¥2000
広渡常敏	ナイーヴな世界へ ——ブレヒトの芝居小屋 稽古場の手帖	¥2500
広渡常敏戯曲集	ヒロシマの夜打つ太鼓	¥2000
広渡常敏	青春無頼	¥1800
尾崎宏次	蝶蘭の花が咲いたよ ——演劇ジャーナリストの回想	¥2500
宮岸泰治	女優山本安英	¥3800
宮岸泰治	転向とドラマトゥルギー ——一九三〇年代の劇作家たち	¥2200
宮岸泰治	ドラマと歴史の対話	¥2000
宮岸泰治	ドラマが見える時	¥1800
土方与志	なすの夜ばなし	¥2500
武井昭夫	演劇の弁証法 ——ドラマの思想と思想のドラマ	¥2800

〔価格は税別〕　影書房　2009.5現在